ピルグリム 21世紀版／

ハルシオン・デイズ2020

パンデミック・バージョン

鴻上尚史

Pilgrim 21st Century Edition / Halcyon days 2020 Pandemic Version

written by

KOKAMI Shoji

論創社

目次

ピルグリム　21世紀版

ごあいさつ

劇団というものをずっとやっています。最初は22歳で『第三舞台』を作って、休止とかを含めて30年やりました。『虚構の劇団』は11年目に入ります。

人生の中で、集団で活動することが大半になりました。だからでしょう、周りから「濃密な人間関係が好き」と思われがちです。

でも、僕は濃密な人間関係は苦手です。『第三舞台』で言えば、大高洋夫と二人きりで飯を食ったり酒を飲んだりしたことは、今までに3回もないと思います。小須田康人とは2回くらいでしょう。筧利夫と勝村政信とは1回です。3人以上になれば、それなりにあります。でも、二人っきりは照れるし、お尻がモゾモゾします。

『虚構の劇団』の場合でも、二人だけで飲むのは、なにか問題が起こった時だけです。

まして、みんなで「ただ飲みに行く」という行為は『第三舞台』の時も『虚構の劇団』の時も少ないです。

三上陽永は『虚構の劇団』の旗揚げ当初、なにかあると「行きましょう！」「みんなで飲みに行きましょう！」と叫んでいましたが、僕があんまり反応しないので、だんだんあきらめてきました。

もう一人、「うん、飲みに行きましょう！」という奴がいたら事態は変わったかもしれませんが、小野川晶は「お酒は美肌の敵」とつきあわず、小沢道成は「お酒はストイック人生の敵」と無視しました。渡辺芳博は「そんなに飲みたいならいいんじゃないの。じゃ、オレ、ふんどし、洗濯するから」と我が道を行きました。

飲み会の意義を低く見ているのではありません。

稽古初日には、必ず、全員の飲み会をひらくし、初日には「初日祝い」や、スタッフ飲み会、そして「打ち上げ」も、もちろんやります。

それは、お互いを知り合う貴重な機会です。

ロンドンでイギリス人俳優に対して『トランス』と『ハルシオン・デイズ』を演出した時は、「初日祝い」どころか、楽日の「打ち上げ」がありませんでした。

一カ月以上稽古して、一カ月の本番が終わった時も、帰る人は普通に帰りました。飲みたいと思った人が、飲みたい相手を誘って飲むだけでした。僕は俳優数人と朝まで飲みましたが、オフィシャルな「打ち上げ」がない現場というのは、なんだか、不思議な感覚でした。イギリス人プロデューサーのルールでした。

というわけで、稽古中も、本番中もワイワイとただ飲みに行くことは、ほとんどなく、行く場合は、必要がある時だけです。稽古がうまくいかず苦しんでいる時とか、スタッフがトラブっている時とかです。

お酒によって引き出される本音を見たくないからだと思います。

お酒は、人を狂わすのではなく、人が普段思っていることを引き出すものだと思っています。お酒によって、意思と理性の力が弱くなり、本当はこんなことを思っている、こんなことを考えているということを教えてくれると思っているのです。

ですから、楽しいお酒は大好きです。本音で語り合えて、お互いをより好きになったり、親密度が増す飲み会は最高です。

でも、「とにかく飲みに行きたがる人」は、自分の抑圧を放出する人が多いと感じます。

芝居創りは山登りと同じでみんな苦しいのです。その時、パーティーの誰かの「苦しい」とか「もうだめだ」という言葉を聞いてしまうと、自分もくじけてしまうと思っているのです。

みんなが苦しい時は、「苦しい」という言葉は、独りの時に言うか、パーティー以外の誰かに聞いてもらうものだと思っているのです。

けれど、集団のメンバーで何回も飲みに行くと、「聞きたくなかった言葉」が溢《あふ》れることが多いのです。きっと「濃密な人間関係が好き」という人は、そういう「聞きたくなかった言葉」に対して、耐性があるのだと思います。うんとたくましいのか、それとも「鈍感力」が強いのか。そんな言葉が平気だから、「聞きたくなかった言葉」に溢れた飲み会でも問題がないのでしょう。

でも、僕はダメです。それは、集団というものは、とても壊れやすいものだと思っているからです。「聞きたくない言葉」の積み重ねで、集団は簡単に崩壊すると思っているのです。

もちろん、もう40年近く劇団をやっていますから、そんな言葉を、何十回、何百回も聞いてきました。そのたびに、胸潰れ、なんとか歯をくいしばってやってきました。

僕が作家だからなのか、「聞きたくなかった言葉」を忘れることができません。耳にしたその言葉は消えることなく、ずっと心の中に残ります。その言葉を、何度も反すうし、深く傷つくのです。僕が弱いという単純な理由かもしれません。

この作品は『第三舞台』を旗揚げして、9年ほどして書きました。今から30年ほど前です。今回、時代に合わせてアップデイトしましたが、骨格は同じです。

劇団を続けて、いろんなことが起こり、いろんなことを感じた結果、それをなんとかしようと書いたものです。作品としては『天使は瞳を閉じて』の次に書いたものです。あの作品で生き残った人をイメージした話でもあります。

インターネットによって、30年前には考えられない時代になりました。

予想がつかないこと、未来が見えないこと、それが不安だけではなく、興奮と希望だと感じる間は作品を創り続けようと思っています。

今日はどうもありがとう。ごゆっくりお楽しみ下さい。んじゃ。

鴻上尚史

登場人物

六本木実《ろっぽんぎみのる》
直太郎
朝霧悦子《あさぎり》／ラブ・ミー・ドゥー
浦川／ウララ／テンクチャー
マッド・サイエンティスト
タンジェリン・ドリーム／鈴木文華《ふみか》
きょーへい
原隆一郎／ハラハラ
ムーンライト・ビリーバー／サンライト・ビリーバー
黒マント

街の人々（アンサンブルとして住民やダンサー、仮面男やシンシアなどいろんな役をする）

＊実際では基本の役10人と街の人々は6人で上演した。
街の人々の最低人数は2人か。最大は何人でも。

シーン1

暗転の中、音楽とセリフが聞こえてくる。

声　「夢を簡単に切り捨てるんじゃねえ！　そこに希望のある限り、ボクはこの手がちぎれるまで振り続けます！」

明かりつく。

舞台に客席があり、大勢の観客が、正面、つまり本当の観客席を見つめている。

全員、激しく感激している顔。

ただ一人、最前列、中央に座っている六本木実だけは興味深そうだが、感激の顔ではない。

また、セリフが聞こえてくる。

声　「秒速12センチで、少しだけ、夢に近づきました。ワイルドに吼《ほ》えるぜ！　さあ、私たちのデートを始めましょう！」

音楽が盛り上がり、観客達、熱烈な拍手を始める。
六本木、その反応の熱さに驚く。
そのまま、カーテンコールが始まるのが分かる。
観客達、全員、サイリウムを出して、立ち上がって振り始める。
最初は1本。やがて2本。
啞然とする六本木。
そのまま、観客達、一糸乱れぬ動きでサイリウムを振り回す。
その風景にさらに驚く六本木。
六本木、形だけの拍手をして去ろうとするが、観客が興奮していて通路を通れない。
踊り続ける観客達。
戸惑う六本木に明かりが集中していく。

六本木　……。

シーン2

六本木　ただいま。

　　そこは、六本木の家。（観客はいなくなっている）
　　直太郎、飛び出てくる。

直太郎　おかえりなさーい！

　　直太郎、六本木をハグしようとする。六本木、身体を屈めてさっとそれをかわして、

六本木　なんだ、まだいたのか。
直太郎　何、その言い方。嬉しいくせに。
六本木　何言ってるんだ。俺はな
直太郎　（受け流して）はいはい。お食事、まだでしょう。今日は特設ビーフカレーよ。わお！

直太郎、ミニテーブルとカレーの入った鍋、ごはんセットを持ってくる。

六本木　誰も食べるとは言ってないぞ。

直太郎、鍋のフタを取り、うちわでパタパタとあおいで、六本木の方に匂いをまき散らす。ついでに客席にも。

直太郎　美味しいわよお～。でっかいビーフとほくほくじゃがいもがごろごろ入ってるんだから。ほら、いい匂いでしょう。飯テロよ。フードポルノよ！　いい匂いでしょう～

六本木　……ちょっとだけ、もらうか。

六本木、匂いに負けて座る。

直太郎、かいがいしく準備しながら、

直太郎　お芝居、どうでした？

六本木　芝居はまあまあだ。それよりも、観客がおかしい。

直太郎　観客がおかしい？

六本木　まとまりすぎてる。ひとつになりすぎてる。

直太郎　いいじゃない。観客がひとつになるって素敵じゃないの。
六本木　気持ちが悪い。全員で淋しさを忘れようとしているみたいだ。
直太郎　あら、淋しさを忘れちゃいけないの？　みんなで淋しさを忘れられるなんて素敵じゃないの。
六本木　淋しさは忘れるもんじゃない。
直太郎　じゃ、何？　淋しさはどうするものなの？
六本木　淋しさは淋しさだ。
直太郎　よく分かんない。（カレーを）はい、どうぞ。

六本木、それを受け取り、食べ始める。

直太郎　カイが言ってたわ。家族といる時に一番、淋しさを感じるって。
六本木　またカイの話か。
直太郎　またってことはないでしょう。私に人生の大切なことを教えてくれた人よ。
六本木　そいつは今、どこにいるんだ？
直太郎　さあ、インドかもしんないし、パリかもしんないし。世界中が故郷で異郷だから。
六本木　明日には出ていくんだぞ。
直太郎　（わざとらしいぐらい大げさに驚いて）どうして⁉

六本木　どうしてって、あのなあ、
直太郎　ずっと居ていいって言ったじゃないの。あれは嘘だったの？　先生は大嘘つきなの？
六本木　あの時は、酔っぱらってたって言ってるだろう。
直太郎　酔ってるって言ったらすべて許されるの？　それが、有名作家六本木実の発言なの？
六本木　だから、お前と一緒に住んでいることがマスコミにバレてみろ。私は誤解されるじゃないか。
直太郎　誤解されたらダメなの？
六本木　だって、私は、その、ゲイじゃないんだから。
直太郎　じゃあ、ゲイになればいいじゃない。ユー、ゲイになっちゃいなよ。
六本木　その言い方はやめろ。
直太郎　先生がバレないように隠せって言うなら隠すわよ。大丈夫。私、絶対にバレないから。
六本木　バレるよ。
直太郎　（ドスの効いた声で）はい、いらっしゃい！　カウンター、あがりいっちょう！……ね。
六本木　しかし、私はストレイトなんだから。
直太郎　（手をガバッと広げて）さあ、いらっしゃい！
六本木　あのなあ……。
直太郎　いくじなし！
六本木　そういうことじゃないんだよ。

玄関のチャイムが鳴る。

直太郎　（かわいく）はーい。
六本木　おい！
直太郎　（低音で）はーい。

直太郎、一度去って、すぐに戻ってくる。

直太郎　（低音で）先生、『芸術文学』の朝霧さんです。
六本木　（つられて低音になって）ああ、入ってもらいなさい。
直太郎　（もっと低音で）はい。どうぞ。

朝霧、入ってくる。

朝霧　（何故か低音で）おじゃまします。あら、お食事中でしたか。
六本木　（低音で）いやいや、気にせんでもいいです。

朝霧の後ろから、原隆一郎が入ってくる。

原　(高音で) おじゃましまっす。

六本木　(だんだん、元の音に戻って) これはこれは、原さんも。珍しいですね。

原　(高音から元の音に戻って) いえいえ、いつも朝霧がお世話になっています。はっはっはっ。

原はとても緊張しているように見える。

六本木　どうです。書生《しょせい》の直太郎が作ったんですが、なかなか、うまいですよ。

直太郎　(低音で) はい、あがりふたちょう! 喜んで!

六本木　じゃあ、私は原稿を仕上げてくるか。いやいや、あと少しなんだ。食べ終わる頃にはできてますから。

原　六本木先生、そのことなんですが。

六本木　なんです?

原　じつは、連載なんですが、その、なんと言いますか、いやはや、これがですね、その、つまりですね……朝霧君、僕、帰るわ。

朝霧　えっ!?

原　あとは任せる。いやあ、原です。ハラハラしてます。はっはっはっ。

と、笑いながら去る。

直太郎　なんなの、あの人？

六本木　朝霧君の上司だよ。

直太郎　上司……へえ……。

朝霧、直太郎と六本木の会話の間に、素早くポケットからウィスキーの小瓶を取り出して、ぐいっと飲む。

朝霧　先生。

六本木　なんだね？

朝霧　先生の連載、打ち切りです。

六本木　うん。原さんと違って、はっきり言うのは気持ちが、はあ⁉

朝霧　今月、原稿、いらなくなりました。

六本木　どうして⁉

朝霧　（バッグから書類を出して）これは、ここ半年の読者の人気投票です。

六本木　……。（受け取るのをためらう）

直太郎　（ひったくって）どれどれ……あらま……へえー！（ページをめくって）こらまった！　おう！　ビリよ！　ものすごいビリッケツよ！　ケツよ！　ケツケツよ！（はっと低音に）こいつはどうしたことだい。

朝霧　……私も先生には、お見せしたくありませんでした。

六本木　人気投票で打ち切りだなんて、まるでマンガ雑誌だな。

朝霧　出版界の不況の厳しさは、先生もご存知のはずです。

直太郎　そうなんだ……。

六本木　だって君、物語はまだ続いてるんだよ。せめて、今月で打ち切りというのが筋でしょう。

朝霧　編集長も原さんもそう言いました。

六本木　でしょう。

朝霧　ですが、私は断りました。

六本木　なんですって⁉

直太郎　あれま。

朝霧　どんなに話をまとめようとしても、中途半端になるのは目に見えています。

六本木　君は何を⁉　そんなこと分からんじゃないか！

朝霧　代わりに、編集長に交換条件を出しました。

六本木　君は、君は一体、どんな権利があって、

直太郎　交換条件て何？

朝霧　長編の書き下ろしです。

六本木　書き下ろし……。

朝霧　今の連載を今月で強引に終わらせても、やっぱり、六本木はもうだめだと思われるだけです。それより、読者に「六本木実、突然の霊感により長編執筆開始！　連載までも放棄！」と思わせた方がはるかにメリットがあります。

直太郎　なるほど。さすが、朝霧さんだわ。

朝霧　書き下ろし長編、書いていただけますね？

六本木　それは……

朝霧　ただし、私に原稿の手直しをさせて下さい。

六本木・直太郎　えっ？

朝霧　先生に書いていただきたい方向があるんです。

六本木　……方向？　どういう意味だね。

朝霧　先生。失礼ですが、先生はもう連載、どこもお持ちじゃないでしょう。このままだと、出ていってくれないか。いや、出ていけ！　そんな仕事、こっちからお断りだ！

六本木　先生！　私は編集長の前で啖呵《たんか》を切ったんです。六本木はきっといいものを書きます。六本木実復活！　と誰もが納得する、傑作を必ず書きます！　ビッグヒットを絶対に出します！　売れる作品に間違いなくします！　だから、チャンスを、六本木と私にチャンスを下さい！　私は私のクビをかけたんです。

直太郎　クビを。
朝霧　先生。書いていただけますね。
六本木　……帰れ。
朝霧　（カバンからファイルを出して）先生に書いていただきたい作品の方向を書きました。参考資料もつけています。ぜひ、読んで下さい。
六本木　帰れ！
朝霧　……。

朝霧、ファイルを置いて、代わりに紙袋を持ち、

朝霧　なおちゃん。
直太郎　（低音で）はい。
朝霧　（紙袋を差し出し）『千疋屋《せんびきや》』のマスクメロン。みんなで食べようと思って。
直太郎　ありがと。冷凍して待ってる。

朝霧、去る。

直太郎　朝霧さんていい人ね。

六本木　玄関に塩、まいとけ。

直太郎　はーい。（と、食塩のビンを手に取って）そーれ！　そーれ！

六本木　……うれしそうだな、お前。

直太郎　そんなことないですよ。そーれ、そーれ、それそれそれそーれ！（と、塩をまく）

六本木　どうしてだ？　連載打ち切りがそんなに嬉しいか？

直太郎　だって、私、先生に書けなくなってほしいんだもん。そーれ。

六本木　ここに座れ。

直太郎　ぴょこん。（と、直太郎、六本木の膝の上に座る）

六本木　違う。

直太郎、正しい位置に座る。

六本木　どうしてだ？

直太郎　だって、書けなくなったらずっと一緒にいられるでしょう？

六本木　本気か？

直太郎　本気よ。先生は作家やめて、あたしは、お店やめて、二人で山小屋の番人するの。素敵でしょう。いい物件があるのよ。やだ、恥ずかしいじゃないの。お酒もなしでこんなこと言うのって、やっぱり恥ずかしいわね。（しゃもじを手に持って）しゃもじもじもじ。お酒、飲みに行こっか。

六本木　本当に書けなくなってもいいのか？

直太郎　人間はね、苦労すればいいってもんじゃないの。つらければやめるの。そして、快楽に身を任せるの。（両手を広げて）さあ、いらっしゃい！

六本木　さ、原稿、書くか。

直太郎　いくじなし！

六本木　ごちそうさま。さあ、書くぞう！

直太郎　長編ね！

六本木　いや、連載を終わらせる。人気がまったくない連載をね。

直太郎　先生。

六本木　さあ、書くかな。書くぞう！　さあ、書こう！

直太郎、食事を片づけ始める。
パソコンが乗ったテーブルが出てくる。

直太郎　先生。悲しくてどうしようもない時は、「自分はどうして悲しいんだろう」って考えてみるの。一生懸命、考えている間は、不思議と悲しみは和らぐの。本当よ。

六本木　それはなぐさめか？

直太郎　そんなものね。
六本木　ありがとう。
直太郎　ほれちゃったでしょ？
六本木　カイに言ったんだよ。カイの言葉だろ。
直太郎　いじわる。

直太郎、去ろうとして、朝霧の残していたファイルを机の上に置く。

六本木　そのファイル、送り返せ。
直太郎　あら、どうしてここに!?
六本木　送り返すんだ！

直太郎、六本木に押しつけて、

直太郎　送り返してほしければ、寝室まで来ることね。ベッドの上で待ってるわ。シャネルの5番とカルバンクラインのボクサーパンツだけをつけてね！　おっほっほっほっほっ！

直太郎、去る。

シーン3

六本木、書き出そうとする。
が、なかなか、書けない。
時間だけが過ぎていく。
朝霧の残したファイルが気になり始める。葛藤する六本木。
やがて、ファイルを手に取る。
朝霧、ナレーターとして登場。

朝霧　六本木先生は「つながり孤独」という言葉をご存知ですか？
六本木　「つながり孤独」？
朝霧　「Twitter や Facebook、Instagram などで多くの人達とつながっているからこそ、余計に、淋しさや孤独を感じてしまうことです。こんなにも多くの人とつながっているのに、誰も自分のことを理解してくれない。SNSには、楽しそうな友達の風景が溢れている。みんな幸せそうで、夢や希望に向かって進んでいるように見える。でも、私は全然違う。なまじ知らなければ、淋しさに震えることはなかったのに。孤独に引き裂かれることはなかったのに。たくさんの人とつながったからこそ、死にたいぐらいつらい気持ちになる。それが「つながり孤独」。

朝霧　なるほど。

六本木　六本木先生。かつてインターネットは希望でした。人間とつながり、情報とつながることで何かが生まれると私達は期待しました。でも今は、つながることは苦痛です。インターネットは苦しみと重荷です。一体、どうしてこうなってしまったのでしょう。

朝霧　……。

六本木　この20年間で、「友達はなるべく多い方がいい」と思う20代の割合が、70%から26%に減ったという統計があります。

朝霧　26%。

六本木　1995年、「阪神・淡路大震災」と「オウムサリン事件」をきっかけに、SFの売り上げがはっきりと落ちて、推理小説が売り上げを増やし続けています。六本木先生はご存知でしたか？

朝霧　なんとなくは……。

六本木　世の中が訳が分からなくなってきた時に、訳の分からないSFはもういいと読者はそっぽを向きました。その代わり、どんなに複雑で込み入っていても、最後にはちゃんと明確な犯人が分かる推理小説がバカ売れするようになりました。この傾向は、世界的には、2000年の9・11で加速され、日本では2011年の3・11でさらに決定的になりました。

今、作家としてヒット作を出したいのなら、推理小説的手法です。ＳＦを書いても売れません。

六本木　まさか、私にミステリーを書けって言うのか。

朝霧　ところが、売れなくなったＳＦで、この10年、確実に売り上げを伸ばしている分野があるのをご存知ですか？　この分野は、ＳＦなのに世界的にどんどん売れ続けているのです。

六本木　なんだって？

朝霧　それは、「ディストピア小説」です。

六本木　「ディストピア小説」。

朝霧　ユートピアの反対の世界を描く小説です。この10年で、ディストピア小説の古典『１９８４年』は日本では20万部を突破しました。多くのディストピア作品が小説、映画、マンガとして続々と生まれ、多くの支持を集めています。病院や刑務所、学校など、本来は自立を目的として作られた組織が、やがて抑圧の組織に変わるように、ユートピアがディストピアに変化する必然をこれらの作品は描いています。六本木先生！　先生は、集団論が専門じゃないですか。ユートピアに対しても、さまざまな御意見をお持ちだと思います。だからこそ、私は、先生に、ミステリー的手法でディストピア小説を書いていただきたいのです！

六本木　……。

朝霧　どうですか、先生！　名案でしょう！　さあ、書きましょう！　ミステリーディストピア小説です！

六本木、ファイルを閉じようとする。

朝霧　ああ！　今、ファイルを閉じようとしていますね⁉　資料の後半には、この10年の主だったディトピア小説を紹介しています。マーガレット・アトウッド『侍女の物語』村田沙耶香『殺人出産』伊藤計劃《けいかく》『ハーモニー』

六本木、ファイルを閉じる。

朝霧　ああっ！

朝霧、すごすごと去る。

六本木　……。

六本木、立ち上がり、ごそごそと奥の棚に向かう。（身体が半分、袖に隠れる感じ）と、コーヒーを持った直太郎が登場。

直太郎　先生。

六本木　⁉（ビクッとする）なんだ？

直太郎　何してるんですか？

六本木　なんでもないよ。

直太郎　なんでもないって……まさか、そんな所にお酒を隠してるんじゃ。そうなんでしょ！

直太郎、コーヒーをテーブルに置いて、六本木に近づき、はがい締めにして。

直太郎　またお酒に逃げるんですか⁉　連載打ち切りだからって、どうしてお酒なの⁉　死にたいの⁉　そんなに死にたいなら、私が殺してあげる。二人で一緒に死にましょう！

六本木　違うよ！　酒じゃないよ！

直太郎　じゃあ、なんなんですか！

六本木　なんでもないよ。

直太郎　なんでもないわけないでしょう！　やっぱり、お酒なんでしょう！　さあ、死にましょう！　でも、その前に最初で最後の愛の営みを！

六本木　違うよ！

六本木、古い雑誌を奥から取り出してみせる。

六本木　これだよ。これを取り出そうとしてたんだ……。
直太郎　なんですか、それ？
六本木　昔のなんというか、同人誌だ。
直太郎　同人誌？
六本木　仲間うちで出した雑誌だ。
直太郎　へえ。なになに？『天使の家　創刊号』。……先生、こんな雑誌出してたんですか？
六本木　まあな。
直太郎　これがどうしたんですか？
六本木　……長編のアイデアだ。
直太郎　長編の!?　先生、書くつもりになったんですね！
六本木　いや、いつかは書かないと、と思ってたアイデアがあるんだが……
直太郎　ほおほお。
六本木　最後の小説にしようと思ってね。
直太郎　最後の小説って……。
六本木　もう10年以上、読み返してないんだ……
直太郎　……どんなアイデアなんですか？

六本木　……その中に、鈴木文華《すずきふみか》っていう人の文章があるだろう。

直太郎　鈴木文華……

六本木　どうした？

直太郎　いえ。なんかピンと来て。まさか、先生の恋人だった人？

六本木　そんなんじゃないよ。

直太郎　本当に？　正直に言うのよ。嘘は許さないからね。私を愛してない、も嘘よね？

六本木　もう寝ていいぞ。

直太郎　（ページをめくって）ええと、鈴木文華さんの文章。あった。なになに、『黒マントの思い出』。

六本木　その文章がずっと頭の片隅にひっかかってるんだ。

直太郎　へー、ええと「黒マントの思い出。それは、私が小学校4年生だったある夜のことです。トイレに行こうと階段を降りていくと、台所の方で物音がします。泥棒かなと思って、緊張していくと、台所に黒マントの男の人が立っていました」

明かりが、直太郎に集中し始める。

直太郎　「私は驚いて言葉もなく立ち尽くしていると、その人は私にこう言いました」

黒マント、光の中に現れる。

黒マ　（優しく）君かい。太陽の時間、この家を使っているのは？
直太郎　「私はもうびっくりして、『た、太陽の時間？』と言いました」
黒マ　そうさ。月の時間は、僕が使っていたのさ。
直太郎　この家はずっと私の家です。
黒マ　（小さく笑って）違うよ。君は、日本のこんな昔話を知っているかい？　ある男が家を建てようと思って、ちょうどいい空き地を見つけた。男は草を刈り、土地をならした。次の朝行ってみると、そこには、家を建てるのにちょうどいい材木が置かれていた。男は喜んで、それで家の骨組みを作った。次の朝行ってみると、骨組みには壁が打ちつけられていた。男は喜んで瓦《かわら》をふいた。次の朝行ってみると、畳《たたみ》が敷かれていた。男は喜んで、障子《しょうじ》を入れた。次の朝、男は酒を持って行ってみると、そこには山盛りのごちそうがあった。そして、一人の男がいた。二人は相談して、昼と夜、交代で家を使うことにした。
直太郎　でも、この家を買ったのは、私のお父さんです。
黒マ　太陽の時間のね。僕だって、ちゃんと月の時間の方に払ったんだよ。
直太郎　でも、でも、私がずっと起きてたら、あなたはこの家にいられないじゃないですか？
黒マ　それは、僕が旅行にずっと出ている時さ。君が三日間、月の時間に起きていたら、僕が三日間、旅行に出ているということさ。

直太郎　どの家もそうなんですか？
黒マ　どの家もそうさ。
直太郎　じゃあ、どうして私はあなたと会えたんですか？
黒マ　……僕は追放されたんだ。
直太郎　追放？
黒マ　もう、月の時間には僕の居場所はないんだ。
直太郎　だからこっちの世界に来たんですか？
黒マ　太陽の時間から追放された人達が、月の時間に住んでいるんだよ。
直太郎　ということは……
黒マ　そう。月の時間にも太陽の時間にも、僕の居場所はないんだ。
直太郎　じゃあ、どうするんですか？
黒マ　どうしたらいいんだろうねえ……。
直太郎　そんな……。
黒マ　君は、太陽の時間から追い出されそうなんだね。だから、僕と会えたんだ。
直太郎　えっ。
黒マ　いじめられているんだね。かわいそうに。
直太郎　違います。いじめられてなんかいません！
黒マ　ごめんね。僕は君のために、何もできそうにない。

直太郎　いじめられてなんかないです！
黒マ　そうかい。……じゃ。

黒マント、去ろうとする。

直太郎　待って下さい。これは夢なんですか？
黒マ　夢じゃない。いや、夢だと思った方がいいか。
直太郎　えっ？
黒マ　さようなら、おじょうちゃん。僕はもう行かないといけない。
直太郎　どうして？
黒マ　言っただろう。僕は追放されたんだ。
直太郎　私も一緒に連れてって下さい。
黒マ　だめだ。
直太郎　どうして？
黒マ　君にはまだ、君の世界でやれることがあるから。

黒マントの姿、消える。

直太郎　「朝、目を醒ますと、私はベッドの中にいました。夢か現実か、区別がつきませんでした。どうして私がいじめられているのを知っているんだろうと、私はこぼれた涙をフトンで拭きました。それから、時々、夜中、目を覚ましては、台所に行ってみました。けれど、二度と黒マントと出会うことはありませんでした。二人で一つの家を作る昔話にずっとワクワクしていました。けれど、大人になり、『天使の家』に住み始めて、ワクワクしなくなった自分がいます。ですが、黒マントにもう一度会いたいという気持ちはずっと変わっていません」……なるほど。

六本木　ずっと、その文章がひっかかってるんだ。ずっとね。

直太郎　どうして？

六本木　なんというか、その文章を読むと、私の中のなにかがきしむんだよ。

直太郎　きしむ……これを書いた人はどんな人なんですか？　鈴木文華さん？

六本木　それがよく覚えてないんだ。

直太郎　覚えてない？

六本木　それも、この文章に惹かれる理由の一つなんだ。彼女の顔すら、よく思い出せないんだ。彼女に関する記憶がないんだ。

直太郎　どういうことなんですか？

六本木　直太郎、長編を書こうと思う。

直太郎　えっ。

六本木　悪いが、一人にしてくれないか。最後の長編を書く。
直太郎　……分かりました。コーヒー、冷えたから作り直しますね。
六本木　いやいい。しばらく一人にしてくれ。
直太郎　はい。

直太郎、去る。
六本木、机に向かう。

シーン4

六本木　例えば、ゆっくりと愛が死んでいくことに鈍感になっていく自分に気づいた時。例えば、青空を見上げても、どこかで誰かが待っていてくれると信じられなくなった時。「ここではないどこか」への旅は始まる。ここに、「ここではないどこか」を目指す三人の旅人がいた。

マッド・サイエンティスト、登場。

マッド　オアシスはまだかー！　オアシスはまだかー！

六本木、キーボードを打っている。
その音と登場人物のセリフは、同時に出る。
マッド・サイエンティストは、棺桶のようなものを引きずっている。

六本木　彼はマッド・サイエンティスト。共同体から追放された者。オアシスを求めて旅を続ける。

マッド、セリフに合わせて動きとポーズ。

六本木　そして、

ウララ、登場。出産間近なのか、お腹が大きい。

ウララ　ユートピアはどこ⁉　さあ、急いで！　時間がないわ！

六本木　名前はウララ。共同体を飛び出た者。ユートピアを求めて旅を続ける。自称、お姫様。

ウララ、六本木の言葉に合わせて、動きとポーズ。

マッド　だったら、早く歩けよ！

六本木　(キーボードを叩いて)失礼ね。私はお姫様よ。

ウララ　失礼ね。私はお姫様よ。ユートピアに相応《ふさわ》しいお姫様よ！

マッド　私はあんたの家来じゃない！

六本木　そして、最後の一人。

きょーへいが、サングラス姿で登場。

きょー　諦《あきら》めるな！　アジールはすぐそこだ！

二人、無視して歩いている。

きょー　（ステップを踏みながら）ねえ。人の話、聞いてよ。
六本木　名前はきょーへい。共同体から逃げてきた者。彼はアジールを探している。
きょー　（ステップを踏みながら）アジールが俺を待ってるぜ！
マッド・ウララ　アジール？
きょー　（ステップを踏みながら）どんな王様も権力者も手が出せない治外法権の空間のことだ。
ウララ　私はお姫様よ。もっと分かりやすく言いなさい。
きょー　（ステップを踏みながら）だから、どんな罪を犯していても、誰にも責められない自由な空間だよ。昔の「駆け込み寺」とか人々を匿った教会とか。
ウララ　そんな場所、今の時代にあるわけないじゃない。
きょー　（ステップを踏みながら）ユートピアの方があるわけないだろ！
ウララ　ユートピアはあるわよ！　私はお姫様よ！（マッドに）さあ、早く、ユートピアを見つけなさい！

マッド　だから、私はあんたの家来じゃないんだ！
六本木　こうして三人は、「ここではないどこか」を目指して、旅を続けていた。ある時は、もめながら、
マッド　オアシスに行くんだ！
ウララ　ユートピアに行くのよ！
きょー　アジールに行くんだ！

三人、口々にもめながら歩く。

六本木　ある時は歌をハモりながら、
三人　♪まだなの～まだつかないの～疲れたわ～でも負けないわ～でも疲れたわ～

三人、歌を歌いながら歩く。

六本木　ある時は踊りながら、

三人、踊りながら歩く。

六本木　ある時は、旅の苦しさを会話でまぎらわしながら、
以下、きょーへいは、発言するたびに、いろんなステップを踏む。
（六本木は物語の進行に伴って、執筆している机ごと舞台から去る）

きょー　前から聞きたかったんだけどさ、おたく、科学者なんでしょう？
マッド　そうだ。
きょー　どんな研究してるの？
マッド　魂の研究だ。
きょー　魂の研究？　なんスか、それ？
マッド　私達には、実体というものがないのだよ。
ウララ　えっ、じゃあ、あんた、魂族なの？
マッド　知っているのか？
きょー　魂族？
マッド　その名の通り、魂しか持ってない種族のことじゃよ。
きょー　魂だけ？
ウララ　今見えているのは、本当のことじゃないってことよ。
きょー　本当じゃない？　嘘う！

マッド　お前の意識に映像を送って、私の姿を見せてるんだよ。
きょー　えっ、そんな！

きょーへい、手を出すと、手がマッド・サイエンティストの身体を突き抜ける（ように見える）。

きょー　おう！　あんびりーばぶる！

きょーへい、今度は、マッド・サイエンティストの頭をひとつ、音がするぐらい叩く。
見つめ合う、マッド・サイエンティストときょーへい。

マッド　……。
きょー　嘘う！　嘘う！　嘘う！
マッド　うっとおしいな！　お前は！　その妙な踊りをやめんかい！
ウララ　奴隷族なんでしょ、あなた。
きょー　えっ⁉
マッド　奴隷族？
ウララ　いろんな種族の奴隷としてだけ、生きてる種族よ。ご主人様を楽しませるために、いつも

きょー　踊るようになってるの。
ウララ　ちがうっスよ。
きょー　隠さなくてもいいのよ。あんた、逃げてきたんでしょ。奴隷族が一人でいるはずないものね。
マッド　（さらに激しくステップを踏みながら）違うっスよ！　違うっスよ！　違うっスよ！
ぎょー　全然、説得力ないな。
ウララ　そういうあんたは何族なんですか？
きょー　私のことはいいのよ。
ウララ　ずるいっスよ。
　　　　さあ、行きましょう！

黒マント、登場。

黒マ　待て！
きょー　なんだお前は！　やるか！
黒マ　お前たち、「ここではないどこか」へ行きたいのか？
マッド　（三人同時に）そうだ。オアシスはどこだ？
ウララ　（三人同時に）そうよ。私はユートピアに行きたいの。

きょー　（三人同時に）俺はアジールを探してるんだ。
黒マ　……順番にね。順番にしゃべらないと、何言ってるか分からないから。
ウララ　この道は、ユートピアへの道なの？
マッド　オアシスに向かう道なのか？
きょー　アジールはこの先か⁉
黒マ　教えてほしければ、私の質問に答えよ。
ウララ　知ってるの⁉
黒マ　では問題。子供の頃、道で知らない人に突然、「生きてたんですか⁉　よかった！　本当によかった！」と話しかけ、相手がえっ？　という顔すると、「しまった。この世界ではまだ出会ってないいんだ」と言って走り去るという、ファンタジーないたずらをしていた奴がいた。それは誰だ？
マッド　分かるかそんなもん！
黒マ　答えを言う。
きょー　早過ぎないか？
黒マ　答え。それは私だ。残念だったな。この先にはユートピアはない。諦めるんだな。
ウララ　そんな⁉
きょー　言っただろう。ユートピアなんてこの世にはないんだよ！　アジールはこの先か？
黒マ　アジールもない。残念！　さらばじゃ！

黒マント、マントひるがえして去る。

きょー　おい！　待てよ！
ウララ　嘘つき！　あんたは嘘つきよ！
マッド　……。
ウララ　さあ、急ぎましょう！
マッド　いや、少し休もう。丸一日、歩きづめだ。
きょー　そーだな。
ウララ　だめよ。急がないと、過去が襲ってくるのよ。

マッドときょーへい、ウララの言葉を無視して休み始める。
と、住民達、突然、ウララの視界に登場。（1・2・3を住民達、4・5・6を別住民と表記）

住民達（123）　ウララ！　ちゃんとルールを守りなさい！
別の住民達（456）　ウララ！　新しいルールを作り上げよう！
住民達　心をひとつにして、

別住民　心を鬼にして、
住民達　温かい世界を、
別住民　古い世界を、
住民達　共に守り抜こう！
別住民　徹底的に壊そう！
住民達　今、私達が戦う相手は、
別住民　今、私達が必要なものは、
住民達　「自分探し」なんていうペテン！
別住民　自分を表現し、告白する喜び！
住民達　額に汗して働きながら、
別住民　創造する苦しみに立ち向かいながら、
住民達　私達の世界を、
別住民　みんなの世界を、
全住民　作り上げましょう！　ウララ！
ウララ　はい。
全住民　また仲間が辞めました！　またルールを破りました！　また働かない人達がいます！　どうしてですか⁉　あなたの問題じゃないんですか？　あなたは、私達の世界をしっかりと守るつもりはあるんですか？

ウララ　あります。
住民1　嘘です。
住民2　あなたは迷っている。
住民3　あなたは逃げ出したいと思っている。
住民4　あなたはやめたいと思っている。
住民5　あなたは混乱している。
住民6　あなたは死にたいと思っている。
住民1　あなたは限界だと思っている。
住民2　あなたはすべてを無しにしたいと思っている。
住民3　あなたはすべてを後悔している！
ウララ　嘘です！
全住民　嘘つきはあなただ！　あなたは、
住民1　嘘つき！
住民2　弱虫！
住民3　無責任！
住民4　わがまま！
住民5　腰抜け！
住民1　泣き虫！

住民2　クズ！
住民6　カス！
住民3　ブタ！
住民4　ゴミ！
住民5　バカ！
住民6　ゴリラ！
住民1　クソ！
住民2　ウジムシ！
住民3　チキン！
住民4　マザーファッカー！
住民5　サノバビッチ！
住民6　ファッキンウンコ！
住民1　悪態！
住民2　悪口！
住民3　罵倒！
住民4　ののしり！
住民5　皮肉！
住民6　陰口！

ウララ　もうやめて！　みんな消えろ！　消えろー！

ウララ、混乱して叫び暴れる。
全住民、消える。

マッド　おい。どうしたんだ？
きょー　大丈夫か？
ウララ　……じっとしていたら、過去に追いつかれるの。行きましょう。
マッド　分かった。

と、棺桶がガタガタする。

きょー　ひっ！
ウララ　なんなの？
マッド　おっと、お目覚めか。

明かりが落ちる。
ゆっくりとマッド・サイエンティストが運んでいた棺桶のようなものの蓋が開く。

中から光が溢れてくる。

タンジェリン・ドリームが姿を表す。まるで、眠りから目覚めた童話のお姫様のように。

タンジ　みなさん。おはよう。私の名は、タンジェリン・ドリーム。

ウララ　なんなの、この子は？

マッド　私の希望だよ。

タンジ　おはよう。博士。ごきげんはいかが？

マッド　すこぶる快調だよ。タンジェリン。

タンジ　よかった。（微笑む）

きょー　（さっとひざまずいて）ご主人様、私はあなたの奴隷です。

タンジ　ありがとう。

ウララ　私はウララ姫よ。あいさつは？

タンジ　ありがとう、ウララ。モーニング・ティーはカモミールがいいわ。

ウララ　かしこまりました。カップはウエッジ・ウッドのいいものが……って違う！　私はお姫様よ。

タンジ　博士。

マッド　なんだい？

タンジ　あんな古典的なボケをかまして、恥ずかしくないのかしら。きっと、気がふれているのね。

私、彼女のために泣いてもいいかしら。

マッド　優しい子じゃ。いいとも、いいともさ。

タンジ　ウララ。可哀相な人。

ウララ　ありがとうごじぇえますだ。今年は、米もかぼちゃも豊作で、おらも安心して気が狂える

……ちがーう！

タンジ　ウララ。泣いているのね。

ウララ　怒ってるんだよ。一体、あんたはなんなの？

きょー　どうしてご主人様は、カンオケの中に入っていたんですか？

タンジェリン、ハッと気付いて、また、棺桶の中に入り、フタを閉めてしまう。

ウララ・きょー　？

マッド　魂族は、肉体を持ちません。精神がすべてです。ですから、魂族にとって、価値があるのは、実体を持つ人間達がこだわる食欲、肉欲、物欲、美醜ではなく、精神そのものです。

ウララ　ほお。

きょー　それで？

マッド　彼女の魂とは、私が山奥を旅している時に出会いました。彼女は、おそらく実体を持つ種族だったのでしょう。ボロボロの状態で、肉体と記憶を失くしたまま、さまよっていまし

た。ですが、私は一瞬で、彼女の魂の可能性に気付きました。彼女の魂は、磨き上げれば、

ウララ　魂族の中で、最高の精神のひとつになると私は確信しました。

マッド　だから、どうして棺桶の中に入っているのよ？

タンジ　魂を研鑽していたある日、タンジェリンが私にこう言いました。

（棺桶のフタが開いて）博士、私、嫌なことがあってもサカアガリしなくなったでしょう。

マッド　タンジェリン、それは、サカアガリじゃなくて、逆上《ギャクジョウ》と読むんだよ。

ウララ・きょー　はい？

タンジ　博士、私、ハッポウ美人て言われたけど、銃を撃ったことなんかないのよ。

マッド　タンジェリン、それは、銃を撃つ発砲じゃなくて、八つの方向の八方だよ。

ウララ・きょー　はい？

タンジ　ミミゴコロずかしい！

タンジェリン、棺桶のフタを閉める。

マッド　タンジェリン、それは、「恥ずかしい」と読むんだよ。耳と心を別々に読んじゃいけないよ。

ウララ・きょー　3回目のはい？

マッド　そして、彼女は棺桶の中に入ったのです。そのままおよそ10年がたちました。

きょー　（棺桶に向かって）今日限り、あんたとは奴隷でもなければ、主人でもない！
ウララ　10年もすねてたの。根性入ってるわね。

棺桶のフタが少し、開く。

タンジ　すねていたのではありません。恥ずかしかったのです。大切な知識に心の耳を塞いで、自分が愚かで無知であることに10年間、恥じていたのです。
きょー　同じだよ。
タンジ　いいえ、似ているけれど違います。それは、弱さとずるさが、信頼と依存が、似ているけれど違うようなことです。
マッド　そう。彼女は弱く、依存していたのだ。
タンジ　はい。でも、安心して下さい。私は、みなさんを信頼し、強くなりました。私は成長したのです。
ウララ　10年かかったの？
タンジ　（微笑んで）はい。あっと言う間でした。
マッド　さ、先を急ごう。
ウララ　そうね。早く、ユートピアにたどり着かないと。
タンジ　いいえ、今日はもう遅いわ。どこかホテルに泊まりましょう。

ウララ　だめよ。
マッド　よし、休もう。
きょー　賛成。
マッド　しかし、こんな所にホテルは……。

と、黒マントが、温泉街の客引きのようなハッピを着て（黒マントはしている）手に旅館の旗を持って登場。

黒マ　いらっしゃい！　いらっしゃい！　お客さま、今晩のお宿をお探しですか？
三人　あっー。（また来た、の意味）
黒マ　でしたら、ぜひ、うちの旅館「野宿《のじゅく》」へ。お安くしておきまっせ。
ウララ　それが旅館の名前？
黒マ　ユニークでしょう？「ここではないどこか」を目指す旅人の方は、みなさん、うちの旅館「野宿」をご利用なさいます。さ、長旅に無理は禁物。ゆっくり休んでたもれ。
タンジ　それではお願いしようかしら。
黒マ　ありがとうございます。それでは、お客様、恐縮ですが、お泊まり代は、先払いとなっております。
きょー　お泊まり代。

マッド　ここでは、何が貨幣なんだ？
黒マ　なんでも。価値あるものでしたら。
きょー　オッケー。俺のごきげんなステップを受け取ってくんな！　レッツ・ダンス！

きょーへい、踊りだす。

黒マ　(無視して) さあ、価値あるものでしたら、何でも結構です。
きょー　ちょっと、おじさん。ちゃんと、俺のダンスを見てよ。
黒マ　そんなものに価値はない。
きょー　ダンス、嫌いなの？
黒マ　下手なダンスは大嫌いだ！

音楽！
黒マント、踊り出す。同時に、何人かのダンサーも登場。

黒マ　(踊り終わり) さあ、価値あるものは何ですか？

きょーへい、黒マントのダンスのうまさに深くショックを受ける。

マッド　私の作った薬「バイバイケンオ」ではどうかな？
黒マ　ほほう。何でございましょう。
マッド　「バイバイケンオ」は自己嫌悪をなくす薬だ。
黒マ　自己嫌悪をなくす薬。
ウララ　そんなものなくせるの？
マッド　自己嫌悪とは、「目に見えない理想の自分」が、「目に見える現実の自分」を責め続ける状態のことだ。この魂の難病も、私の最高傑作であるこの薬を一粒飲めば、
ウララ・黒マ　飲めば？
マッド　対立する「理想の自分」と「現実の自分」のうち、思いの弱い方を見事に消し去ることができる。対立はなくなり、平和で穏やかな気持ちになるぞ。
ウララ・きょー　すげえ！
マッド　どうだ？
黒マ　薬が切れたらどうなるのかな？
マッド　それはしょうがない。永遠に効く薬なんてものはない。
黒マ　じゃあ、一人分ですね。全員は泊まれません。
マッド　そんな、
タンジ　（軽くア～ア～と発声して）それでは、私が歌を一曲。

黒マ　（無視して）では、私が問題を出す。質問に答えられたら、全員を泊めてあげよう。
三人　またあ。
黒マ　またとはなんだ、またとは。私が君達に問題を出すのは初めてだぞ。
ウララ　さっきも出したじゃない。
黒マ　よくぞ、この完璧な変装を見破った。
マッド　どこが変装なんだ⁉
ウララ　どうして、ユートピアはないなんて嘘をつくの⁉
きょー　アジールは絶対にあるんだよ！
黒マ　それでは問題。
ウララ　私の質問に答えなさいよ！
黒マ　質問は私の仕事。では問題。「最近、あんた評判悪いよ」「誰が言ってるんだよ」「みんな言ってるよ」……この場合の「みんな」は、全体の何パーセントのことでしょう？　全体を100人として答えなさい。
タンジ　はい。5人。
黒マ　ぶーっ！
マッド　50人！
黒マ　ぶーっ！
きょー　100人！

黒マ　ぶーっ！　残念だったな。さらばじゃ。
マッド　待て！　オアシスはあるのか？
黒マ　えっ？
マッド　ユートピアとアジールはないと言った。だが、お前はオアシスはないと言ってない。
きょー　そうか……。
ウララ　そんな！
黒マ　第二問。
タンジ　第一問の答えが先でしょ？
黒マ　答えは風の中。第二問。オアシスはどこでしょう？
マッド　それが分からないから聞いてるんじゃないか！
黒マ　そうですか。残念でしたね。では。

黒マント、去ろうとする。

ウララ　待ってよ！　私には時間が……

と、ウララが、お腹を押さえて唸り始める。

ウララ　おおおおお。
タンジ　どうしたの？
ウララ　う、う、産まれる……
全員（ウララ以外）　えー!?
きょー　どうしよう!?
タンジ　とにかく、自分が男だと思う人はあっち向いて！　タライにお湯を入れて、フトンとハサミも！　急いで！
マッド　そんなもの、こんな所じゃ……

タンジェリン、棺桶のフタを開けて、ついたての代わりにする。

ウララ　ああああああああ！　すっぽん!!

と、「おぎゃあ、おぎゃあ」という声が聞こえてくる。

全員（ウララ以外）　え!?

と、ついたての向こうから、ハラハラが這いながら出てくる。（原と二役）

すでにベビー服を着ている。
ゆっくり立ち上がり、両手を広げて、

ハラ　生まれてきてすみません！

ハラハラ、謝る。

マッド　なんだ、こいつは？
ウララ　ハラハラ、私の子よ。
ハラ　こんにちは、みなさん。ぼく、ハラハラ。
ウララ　こんにちは。愛しい我が子。そして、さよなら。

ウララ、ガクッとうなだれる。

ハラ　ママ！　ママ！
タンジ　ウララ！　しっかりして！　丈夫なお子さんよ。死んじゃダメ！
マッド　短命族だったのか。
きょー　短命族？

マッド　平均寿命、20代後半。子供を産むとその命と引き換えに死ぬ種族だ。その分、成長は驚異的に早い。短命族の子供は、生まれた時から歩けるし、しゃべれるんだ。

きょー　動物と同じじゃないか。

ハラ　こんにちは。僕、ハラハラ。ママの死を悲しまなくていいよ。僕、何をすればいいの？

マッド　その代わり、いつも強い責任を感じて、過剰にがんばろうとしてしまうんだ。

きょー　そんな……。

ハラ　みんな、僕に何をして欲しい？　遠慮しないで何でも言ってね。

タンジ　死体、棺桶の中に入れてあげましょうよ。

マッド　いいのか？

タンジ　大丈夫。私にはもう必要ないから。

マッド、きょーへい、タンジェリン、ウララを棺桶に入れる。

ハラ　**（その動きを見ながら）**ごめんなさい。みんなにそんなことさせて、本当にごめんなさい。ありがとう。さあ、出発しよう。僕、ハラハラ。僕、何をすればいいの？　僕、なんでもするよ。

黒マ　さあ、旅館「野宿」へ急ぎましょう。早くしないと日が暮れます。

マッド　えっ、だって、

タンジ　私達はまだ何も、
黒マ　彼女の死と彼の誕生には価値がある。君達は、全員分、払った。
ハラ　ありがとう、ありがとう。僕、ハラハラ。僕なんかの誕生に価値があるって言ってくれるんだね。僕、何でもするよ。
黒マ　さ、こちらへ。

全員、歩き始める。
六本木（と机）、舞台に登場。

六本木　4人とひとつの死体は、黒マントの旅館「野宿」へと急いだ。
きょー　近いんだろーな。
黒マ　もう、すぐそこで。
ハラ　ありがとう、僕、ハラハラ。僕を仲間に入れてくれて、本当にありがとう。僕、なんでもするよ。
マッド　少し、黙ってろ。
ハラ　ありがとう。僕、ハラハラ。少し黙ってるよ。僕、少し黙ってるよ。
六本木　ところが、案内されたその場所は、ガタッと物音がする。

ビクッとする六本木。キーボードを叩く手が止まる。

マッド達全員、動きが止まる。

六本木　……。

シーン5

辺りを見る六本木。
気を取り直して書こうとする。
暗闇の中から声がする。

浦川　しばらく。

ドキッとする六本木。
声の方向を向く。
そこには、浦川（ウララと二役）が立っている。
（マッド達の姿は見えなくなっている）

六本木　どこから入ってきたんだ？
浦川　玄関に決まってるでしょう。
六本木　どうして？　メールか電話してくれれば、

浦川　何回してもダメだから、来たのよ。
六本木　会わないつもりじゃなかったんだ。その、今はないんだ。
浦川　そんなことを聞いているんじゃない。
六本木　本当なんだ。最近は……いや、今月中にはなんとかする。
浦川　今、必要なの。私だって、好きでこんなことしてるんじゃないの。
六本木　分かってる。だから、

と、直太郎がホウキを持って、突入してくる。

直太郎　どろぼー！

浦川、それを避ける。

浦川　何をするの！
六本木　やめろ、直太郎。
直太郎　だって、先生。
六本木　知り合いなんだ。泥棒じゃない。
直太郎　知り合い⁉

浦川　なんなの、この子は？
六本木　書生だ。家に置いている。
浦川　また妙なこと、考えてるの？
直太郎　また？
六本木　（強く）そんなんじゃない！
浦川　さあ、早く出してちょうだい。
六本木　……直太郎、いくらかあるか？
直太郎　いくらかって、お金？
六本木　そうだ。
直太郎　少しぐらいなら。
六本木　今、貸してくれないか。必ず返す。
直太郎　……いいわ。待ってて。

直太郎、引っ込む。

六本木　みんな、元気か？
浦川　（怒気で）みんな？
六本木　いや、また減ったのか？

浦川　聞いてどうするの？

六本木　いや……

直太郎、戻ってくる。

直太郎　（六本木に）これくらいでいいかな？

六本木、数を数えて、浦川に渡す。
3万円ほどである。

浦川　ケタが違うわよ。

六本木　来月にはなんとかする。

浦川　また来るわ。

浦川、去る。

直太郎　なんなんですか？

六本木　ありがとう。お金は必ず、返すから。

直太郎　まさか、あの人、先生の前の奥さんじゃあ⁉
六本木　僕はずっと独身だよ。
直太郎　じゃあ、分かった！　恥ずかしい写真を撮られて、ゆすられてるのね！
六本木　なんだ、恥ずかしい写真て。
直太郎　そりゃあ、恥ずかしい写真って言ったら……だめよ！　私の恥ずかしい写真だけはダメ！　でも、先生がどうしてもって言うんなら、私は自分を捨てるわ！　それが愛の力なんだから。イッツ・パワー・オブ・ラブ！　さ、一緒に。
六本木　もう寝ろ。
直太郎　先生！
六本木　ありがとう。お金は必ず返すから。
直太郎　……なんだか怖いわ。一緒に寝ましょう。
六本木　さあ、頑張って長編を書き上げよう！
直太郎　……弱虫ぃぃぃぃぃ！

直太郎、走り去る。

六本木　最後の小説を書いてる時に来るとは……

六本木、キーボードに向き直る。

シーン6

六本木　案内された旅館「野宿」は小さなテント小屋だった。質素な食事を取り、朝、目を醒ますと、黒マントはどこにもいなかった。4人は、いつものように「ここではないどこか」を目指した。（自分を鼓舞するように）さあ、旅を続けよう！

登場人物が次々に現れる。

きょー　どこだ！　アジールはどこだ⁉
マッド　オアシスだ！　オアシスはどこだ？
ハラ　僕、ハラハラ。みんな、疲れてない？　僕、マッサージしようか？

ハラハラは幼稚園児の服装になっている。

タンジ　悲しい人はいませんか？　悲しんでいる人はいませんか？

と、音楽が聞こえてくる。
マイクを持ったムーンライト・ビリーバー登場。
一曲、気持ちよく歌う。
コーラス兼ダンサーも登場。
歌い終わり、コーラス兼ダンサー、去る。突然、

ムーン　死者の眠る聖域を汚《けが》す者は誰じゃ⁉
マッド　また妙なのが出てきたぞ。
ムーン　何人《なんぴと》たりとも、古《いにしえ》の聖域に入ることはまかりならぬ！
きょー　俺はアジールに行きたいんだ。ただ、通るだけだ。
ムーン　アジール？　それは、どんなに罪深くとも、許される空間のことか？
きょー　そうだ。アジールを知っているのか？
ムーン　ならば、ここがアジールじゃ。
全員（ムーン以外）　えっ？
ムーン　アジールは、ここじゃ。
きょー　ここがアジール？
ムーン　ああ。
きょー　ここがアジール？

ムーン　お前はバカか。何回、言えばいいのじゃ。
ハラ　ごめんね。この人を責めないで。責めるなら僕を責めて。僕、ハラハラ。
きょー　……やったぞ！　とうとう、たどり着いたぞ！　俺はやったぞー！　アジールに着いたんだ！
マッド　ここがアジール……。
きょー　どこだ？　どこに、アジールの人達はいるんだ？
ムーン　誰もおらん。
きょー　えっ？
ムーン　一人もおらん。
きょー　一杯いたじゃないか。今、お前の歌に合わせて踊ってただろう！
ムーン　あの者達は幽霊じゃ。
きょー　幽霊。
ムーン　アジールを守らんとして、戦い死んでいった者達の幽霊じゃ。
きょー　どういうことだ!?
ムーン　ここは、いにしえ、聖域じゃった。御神体を奉《まつ》る神社があり、多くの者が逃げ込み、時の権力者から守られたでござる。
ハラ　ござる？
きょー　それで！

ムーン　だが、それを力ある者は許さんじゃった。圧倒的な暴力と武力で聖域は潰され、全員が死んだのじゃ。
きょー　そんな……。
ムーン　されど、ここに戦士を一人迎えることができた。
きょー　えっ？
ムーン　さあ、戦え。自由の空間、アジールのために！
きょー　二人だけで勝てるわけないだろう！
ムーン　二人？　もう一人は誰じゃ？
きょー　あんただよ！　決まってるだろう。
ムーン　あたしは……ちょっと、大丈夫です。勝てるわけないじゃん。国家とか王様とか軍隊と戦うのよ！　あんたやっぱりバカ？　脳内、お花畑？
ハラ　責めるなら、僕にしてくれないかな。ハラハラ、バカなんだよね。うん。
マッド　お前は誰なんだ？
ムーン　我が名は、ムーンライト・ビリーバー。この地にかつて何があったかを語る者。
タンジ　一人で？
ムーン　一人で。さあ、戦え。アジールを求めた旅の終わりはここじゃ！　たとえ負けると分かっていても戦うのが戦士じゃ。それが嫌なら、帰れ！　それぞれの共同体に帰れ！　我を連れて。

全員（ムーン以外）　えっ？
タンジ　なんですって？
ムーン　ゴー・バック・ユア・ホームタウン・ウィズ・ミー！
マッド　なぜ、いきなり英語？
ハラ　うん。そういう時って、あるよね。「グッジョブ」とかね。
ムーン　帰れ！　お前たちの国に、故郷に、家に。帰れ！　我を連れて。ゴー・バック・ウィズ・ミー！
きょー　（踊りながら）言ってることが全然分かんねーよ！
ハラ　うん。その踊りもよく分からないね。
タンジ　待って、あなた、泣いてるのね。
ムーン　泣いているわけないべ！　強引なボケ、ぶっこんでないで、帰れ！　我を連れて！　ウィズ・ミー！
マッド　お前はこの辺りに詳しいのか？
ムーン　なんでも聞いていいぞ、帰れ！　我を連れて！　ウィズ・ミー！
マッド　私はオアシスに行きたいんだ。どこにあるか知らないか？
ムーン　オアシスなんぞに行けるはずがねえ！
マッド　知ってるのか？　どこにオアシスがあるか知ってるのか⁉
ムーン　おめえ達は絶対にオアシスに行けないずら！

ハラ　ずら？

タンジ　どうしてですか？

ムーン　オアシスに行くには、試練をくぐり抜けなきゃ、なんねえだ。

全員（ムーン以外）　試練⁉

マッド　どんな試練なんだ？

ムーン　聞くだけムダじゃ。誰も成功したことがない試練じゃ。

と、腹に来る「ずしーん、ずしーん」という音がする。

全員、慌てる。

ハラ　何⁉　なんの音なの⁉　どうしたの？

ムーン　試練の足音じゃ。

きょー　試練の足音⁉

マッド　どういうことだ？

ムーン　ムダなことを聞くな。失敗すれば、お前たちの旅はそれで終わりだ。

マッド　教えてくれ。どんな試練なんだ！

ムーン　（マッドに）本当にオアシスに行きたいのか？

マッド　ああ。俺は絶対にオアシスに行く！

音、小さくなり、しばらく続いた後、消える。

ムーン　……この先に、オアシスへと続く洞窟があるのじゃ。
マッド　よし！
タンジ　博士！
ハラ　よかったね！　オアシスの場所が分かってよかったね！
ムーン　慌てるな、愚か者！　洞窟の入口には、何人《なんびと》も洞窟に入れないように守っている者がおるのじゃ。
マッド　なんだ、それは？
ムーン　『九頭龍様《くずりゅうさま》』じゃ。
全員（ムーン以外）　『九頭龍様』……。
ムーン　九つの頭の龍と書く。かつて、アジールで崇《あが》められていた御神体《ごしんたい》じゃ。九つの頭と九つの尾を持つ竜神様じゃ。
マッド　九つの頭と九つの尾!?
きょー　竜神様!?
ハラ　みんな帰ろう。旅はここまでだよ。うん、帰ろう。
ムーン　九頭龍様は、長い間人身御供《ひとみごくう》がないことをたいそうお怒りになって、姿をお現しになった

タンジ　のじゃ。洞窟に近づけば、踏みつぶされて終わりじゃ。人身御供。
ハラ　それは無理だよ。さすがのハラハラも、人身御供にはなれないよ。
マッド　なんとか、洞窟に入る方法はないのか？
ムーン　あるわけないだろう。分かってるのか⁉『九頭龍様』は、頭も尾も九つの竜だぞ。ヤマタノオロチより、頭と尾がひとつ多いんだぞ。キングギドラより、六つも多いんだぞ。
タンジ　『九頭龍様』はどんな神様なんですか？
ムーン　えっ？
タンジ　どんなものにも弱点はあるはずですから。
マッド　そうだ、タンジェリン！　その通りだ！
ムーン　……『九頭龍様』の怒りを鎮《しず》められれば、ひょっとしたら、
マッド　怒り⁉　どうしたら怒りは鎮められるんだ？
ムーン　人身御供の代わりに、世界で一番楽しいことを差し出すのじゃ。もし、九頭龍様が心底、お喜びになれば……いや、そんなものがあるはずがない。
きょー　よーし！　おいらのごきげんなステップと歌でエンタテインメントしてみせるぜ！
ハラ　すごいよ！　若さってすごいよ！
マッド　よーし、きょーへい、見せつけてやれ！
きょー　『九頭龍様』は、アジールの御神体だったんだよな。ということは、『九頭龍様』とまた仲

ムーン　良くなれば、アジールは復活するかもしれないよな？
きょー　えっ……そうかもしれぬ。
ムーン　よし！　みんな、行こう！

きょーへい、先に行く。

マッド　いいか、世界で一番楽しいことじゃぞ！　お前の共同体で一番ではないぞ！
タンジ　よし、行ってみよう！
ハラ　はい。博士。
　　　行くの⁉　本当に行くの⁉　帰った方がいいんじゃないかなあ。

マッドとタンジェリン、去る。

ハラ　ちょっと待ってよお！

ハラハラ、追いかけて去る。
ムーンライト・ビリーバー、さっと天を仰ぎ、

ムーン　九頭龍様！　聞こえますか？　これが世界で一番、楽しいことだと思います。私は人々に「目的」を与えました。混乱した人生に「目的」を与えたのです。これが世界で一番、楽しいことだと思います！　どうか、九頭龍様！　私を洞窟に入れて下さい！　妹を助けたいんです！　妹を連れ出したいんです！

ずしーん、ずしーんという音が聞こえてくる。

ムーン　（悲鳴のように）報いですか⁉　妹を置いて逃げた報いですか⁉　九頭龍様！

ムーンライト・ビリーバー、うずくまる。
黒マント、駆け寄り、ムーンライト・ビリーバーをかばうように守る。
ずしーん、ずしーんという音、高まる。
暗転。

シーン7

直太郎の声がする。

直太郎（声）　先生。先生。

明かりつく。
六本木が机に突っ伏して寝ている。
おにぎりとお茶を載せたお盆を持つ直太郎、傍にいる。
ずしーん、ずしーんという音が、まだ小さく聞こえている。

六本木　ああ……あの音は？
直太郎　隣の工事現場。なにも、こんな朝っぱらからねえ。
六本木　……（はっと）そうか、夢か。
直太郎　どう調子は？
六本木　ああ、途中で寝てしまったが、夢の中でストーリーが進んだよ。

直太郎　よかった。先生、楽しそうで。
六本木　何を生意気言っとるんだ。よし、食事して、またひと頑張りするか！
直太郎　えっ、寝たらどうですか？
六本木　いやいや、乗っている時に書いとかないと。最後の小説だからな。
直太郎　先生……。
六本木　いや、実はな、何年かぶりに、書きたくて書きたくて、うずうずしてるんだ。
直太郎　しょうがない。はい。お茶とおにぎり。
六本木　ありがとう。すまないが、書きながら食べるよ。

六本木、おにぎりかお茶に手を伸ばす。

直太郎　どうぞ、どうぞ。朝霧さんのファイル、見ていいですか？
六本木　ああ。いいよ。

直太郎、朝霧の用意したファイルをパラパラとめくり、

直太郎　へえ。「つながり孤独」って言うんだ。なるほどねえ。
六本木　知ってるのか？

直太郎　言葉は知らないけどさ、友達のインスタとか見なきゃよかったって思う時あるもんねえ。みんな幸せそうでさ、なんで私とこんなに違うんだろうって。みんなとつながればつながるほど、淋しくなるっておかしいよねえ。

六本木　孤独っていうのは、一人より大勢の中の方が感じるからなあ。

直太郎　ねえ、先生。昨日見せてくれた同人誌、もう一度、見せてくれませんか？

六本木　ん？　どうしたんだ。

六本木、机から同人誌を出す。

直太郎、受け取りながら、

直太郎　いえ、黒マントの話、面白いなあって。これ書いた鈴木さんって人、今はどうしてるんですか？

六本木　もう亡くなってる、と思う。

直太郎　思う？　どういうこと？

六本木　よく分からないんだ。

直太郎　分からないことだらけなんですね。どうして死んだんですか？　え、まさかそれも分からないの？

六本木　ああ。分からない。

直太郎　仲間だったんでしょ？
六本木　仲間だった。
直太郎　結構、深い仲間だったんじゃないの？
六本木　たぶん。
直太郎　たぶんて。死んだ理由ぐらい、分かるでしょう？
六本木　それが分からないんだ。
直太郎　おかしいでしょ。こんな面白い文章を書いて、なおかつ、スリムで魅力的なら、覚えてるでしょ。
六本木　どうして知ってるんだ？
直太郎　えっ？
六本木　どうして、鈴木文華さんがスリムって知ってるんだ？
直太郎　先生、昨日、言ったじゃないですか。若くてスリムだったって。
六本木　言ってないよ。
直太郎　言いましたよ。
六本木　言ってないよ。
直太郎　覚えてないんですか⁉　そんな……（ハッと）まさか、先生、またお酒飲んでるんじゃ⁉　今度飲んだら死ぬって言われてるのよ！　どうして、そんなに死にたがるのよ！　私を置いて、あなたはどこに行こうとしてるの！　まだ本当の愛も知らないのに！　いいこと、死ぬ時は一緒よ！　絶対に一人じゃ死なせないから！　さあ、最後のまぐわいよ！

直太郎、六本木の手をぐいぐい引っ張る。

六本木　飲んでないよ！
直太郎　さあ、最初で最後の愛のフェスティバルに、いざ！
六本木　ほんとに飲んでないよ！

二人、もみ合う。
チャイムの音。
朝霧が、差し入れを持って登場。

朝霧　おはようございます！

朝霧、六本木と直太郎が絡み合っている風景を見て、動きが止まる。
六本木と直太郎、その瞬間、もめて絡んでいる風景からプロレスの練習の風景になる。
「うっしゃー！」「おうりゃー！」とか言いながら、いくつかの技をやった後、

六本木　ようし、今日はこんな所だ。
直太郎　ありがとうございました！
六本木　これは朝霧君、早いじゃないか。
朝霧　ええ、出社前に差し入れをしようかなって。先生は毎朝、こんなことをやられてるんですか？
六本木　作家たるもの、いつ、どこで襲われるか分からんからな。
直太郎　見上げた決意です！
六本木　よせやい。
直太郎　朝霧さん、先生、長編、書き始めましたよ。
朝霧　ええ⁉　ありがとうございます！　よ！　さすが六本木実！　女殺し！
六本木　（ポーズ）
直太郎　男殺し！

六本木、直太郎にダメージ。

朝霧　さっそく、できた分まで見せていただきたいんですが。
六本木　私は完成するまでは人には見せないんだ。それが私の美学だ。
朝霧　そうですか。では、今回から変えていただきます。

六本木　君は、

直太郎　（突然、すっとんきょうな声で）朝霧さんのファイルってすごいわあ。一杯、調べたのね。

朝霧　え、ええ。

直太郎　朝霧さんはツイッターとインスタのフォロワー、何人いるの？　先生はなんにもやってないのよ。先生、なんか始めた方がいいですよ。若い読者を知るためにも、ねえ。

六本木　……トイレ行ってくる。

六本木、去る。

朝霧　……私、まずかった？

直太郎　とんでもない。どーんと行ってよ。大丈夫だから。

朝霧　なおちゃん。

直太郎　ふぁいと。

朝霧　ありがと。なおちゃんには感謝してるんだ。六本木先生、ずいぶん、人間嫌いじゃなくなったし、

直太郎　知り合った頃って、先生、間違いなくお酒で死ぬつもりだったわね。毎日、意識が無くなるまで飲んで。

朝霧　そう……。先生、ツイッターもインスタグラムもやってないんだ。

直太郎　フェイスブックはちょっとやってやめた。
朝霧　やっぱりか。先生のスマホはどこ？
直太郎　知らないわよ。
朝霧　しょうがないか。

朝霧、パソコンの前に来る。
キーボードを叩きながら、

朝霧　なおちゃん、先生が戻ってくるか見ててね。
直太郎　どうしたの？
朝霧　とりあえず、ツイッターとインスタグラム、先生のパソコンにインストールする。本当はスマホがいいんだけど。
直太郎　だめよ。勝手にいじっちゃ。
朝霧　なおちゃんだって、先生に新しい世界を体験して欲しいでしょう。
直太郎　そりゃそうだけど、先生、怒るわよ。
朝霧　そしたら、なおちゃんがやったってことにしてね。
直太郎　えっ！　そんなことして、嫌われたらどうするの？
朝霧　新しい恋を探して。

直太郎　どうしてそんなすごいことがサラッと言えるの？　あなたは悪魔？
朝霧　ただの編集者よ。
直太郎　どうして？　そんなに私の恋を終わらせたいの？
朝霧　先生を終わらせたくないの！

朝霧、ウィスキーの小瓶を出して、ぐいと飲む。

直太郎　私にもちょうだい。

直太郎、飲んで吐き出す。

直太郎　なに、これ⁉
朝霧　ドデカミン。
直太郎　なんで？　せめて、レッド・ブルとかモンスターにしなさいよ。
朝霧　ドデカミンはおサイフに優しいの。
直太郎　朝霧さん、あなたって人が分からない。
朝霧　Snapchat と TikTok は、パソコンからじゃ始められないのよね。さて、どうするか……

と、六本木が戻ってくる。

直太郎　（突然）朝霧さん、ダメ！　いくら、先生のキーボードが汚れてるからって、掃除は私の仕事なの！
朝霧　綺麗にしたいの！　先生が快適にお仕事できるように、キーボードを綺麗にしたいの！
直太郎　朝霧さん、尽くすだけの便利な女になっちゃダメ！　だから幸せになれないのよ！
朝霧　尽くしたいのよ！　私は尽くす女なのよ！
直太郎　便利なだけの女だから、何回もイケメンのダメンズに捨てられるのよ！　それでいいの⁉
朝霧　それはシャレになってないいいいいい！

朝霧、泣き崩れるという臭い芝居。
六本木、パソコンを操作する。

六本木　……メールで今までの分を君に送るよ。
朝霧　……ありがとうございます。
直太郎　先生。……朝霧さんの差し入れで、コーヒーでも飲みますか？
朝霧　ごめん。私、朝から会議なの。もう行かないと。……会社で読み次第、すぐに、感想をお送りします。本当にありがとうございました。失礼します。

朝霧、去る。

六本木　どこから、あのエネルギーが出てくるんだろうなあ。押しの強さは一流だな。
直太郎　まだまだ分かってないわね。
六本木　えっ？
直太郎　先生の作品次第で、朝霧さん、正社員になれるかどうか決まるのよ。
六本木　えっ。だって、彼女はそんなこと、
直太郎　言うわけないじゃない。バカねえ。そんなデリカシーのないこと言わないわよ。オヤジじゃあるまいし。
六本木　私に嘘をついてるってことか？
直太郎　あら、女はみんな嘘つきよ。でもね、小さな嘘はたくさんつくけど、一番大事なことは絶対に嘘をつかないの。男と逆ね。
六本木　逆？
直太郎　そうよ。男は普段正直だけど、一番大事なことは嘘つくの。先生もそう。
六本木　嘘なんかついてないよ。
直太郎　夜な夜な、新宿二丁目のおかまバーで人間観察を続けた私の目をごまかせると思ってるの？

六本木　嘘なんかついてないよ。
直太郎　一番大事なこと、嘘ついてるでしょ。
六本木　なんだよ？
直太郎　分かってるくせに。
六本木　……。
直太郎　私を愛しているってこと。
六本木　さあ、がんばって書くか！
直太郎　さあ、認めなさい！　まだ自分が本当の愛を知らないってことを！　私があなたに本当の愛を教えてあげる。愛の喜びと切なさをたっぷりと教えてあげる！　さあ、ベッドで愛のカーニバルよ！　レッツ・カーニバル！

直太郎、求愛のカーニバルダンス。

直太郎　先生！　一緒にカーニバル！　サンバ・サバサバ、カーニバル！
六本木　（無視して画面を見つめる）
直太郎　（しばらくしてやめて）……ものすごく恥ずかしい。……恥ずかしくて、ベッドで待ってるううううう！

直太郎、走り去る。

六本木、キーボードを叩く。

六本木　やめろー！

シーン8

きょー　やめろー！

ずしーんという音。

4人、現れる。

きょーへいが、九頭龍様に踏みつぶされないように、両足を広げ、両手を頭の上に差し出して踏ん張っている。

（九頭龍様の足は、なんらかの演劇的手法によって示されても、なにもせず俳優のマイムでもよい）

きょー　どうして、おいらのステップが分からないんだ！
マッド　うーん。予想されたことがその通りになると、かえって気持ちがいいなあ。
きょー　ノンキなこと、言ってんじゃないよー！　こらー！　竜のバケモン！　この足をどけろー！
九頭龍　ガオオオオオッ。

九頭龍の不気味な声が響き、ぐぐっと、九頭龍の足が降りてくる。
きょーへい、めりめりっと屈み始める。

マッド　きょーへい！
タンジ　きょーへいさん！
ハラ　ハラハラ、君を忘れないよ！　ありがとう、きょーへい！

（ハラハラは、小学生の制服姿になっている）
と、黒マント、手にトイレ掃除のブラシを持って登場。
九頭龍の足を必死でゴシゴシする。

九頭龍　フォフォフォフォフォ。

くすぐったさの余り、九頭龍、足を上げる。
きょーへい、解放される。

きょー　うわっ！

黒マ　さ、次は誰だ？
マッド　あんたは一体、誰なんだ？
黒マ　私のあだ名は「くすぐり上手」
全員（黒マ以外）　……。
九頭龍　ガオオオオオオ
タンジ　博士、この声は。
マッド　ああ。精神の悼《いた》む音だ。

マッド・サイエンティスト、一歩前に出る。

マッド　聞こえますか、九頭龍様！
九頭龍　ギャオウウウウウ
マッド　長い間、人身御供を捧げられず、本当に申し訳ありませんでした！
九頭龍　ガウウウウウッ！
マッド　けれど、それは九頭龍様をないがしろにした結果ではありません！　我々がずっと九頭龍様を崇め奉っていることは、九頭龍様はお分かりでしょう！
九頭龍　ガウウウウウウッ！
マッド　分かります！　頭で理解していても、どうしても気持ちとして納得できないことがあります。そんな時はこの薬！「ファンコロリ」！　世界で一番困難な戦いは、自分の不安との戦いです。もし、自分の不安に打ち勝てば、それは世界で一番楽しい、

ずしーんという音。

マッド　おっとー！

両手でぐっと踏ん張るマッド・サイエンティスト。

九頭龍　ガウウウウウッ！

マッド　どうしてです、九頭龍様！　我々があなたのことを崇め奉っていることはあきらかじゃないですか！　問題は、あなたの心の中です。「ファンコロリ」を飲んで、不安を消し去るのです！　私達を何人、踏みつぶしても、あなたの不安は、

九頭龍　ガルルルルギャオ！

マッド　うぐっ。

押しつぶされそうになるマッド・サイエンティスト。
マッドのセリフの途中から黒マントが、ブラシでゴシゴシする。が、効かないので、マント

の中から羽毛ブラシを出して二刀流でゴシゴシ、こちょこちょする。

九頭龍　フオッフオッフオッフオッ。

マッド・サイエンティスト、解放される。

マッド　どうしてです⁉
黒マ　さ、次は誰だ？
タンジ　私がいくわ。
マッド　タンジェリン！

タンジェリン・ドリーム、一歩前に出る。

タンジ　あなたは何が欲しいの？
九頭龍　ギャオオオオオ！
タンジ　（はっと）あなた、泣いてるのね。
全員（タンジ以外）　は？
九頭龍　ギャオオオオ！

タンジ　いいえ。私には分かるわ。あなたは泣いている。
九頭龍　フオッフオッフオッフオッ。
タンジ　なんて悲しい泣き声。
全員（タンジ以外）　違うんじゃないか。
タンジ　九つの顔から九つの悲しい響きが聞こえる。お願い。もっと近くであなたの顔を見せて。

タンジェリン、ふわっと舞い上がる。

タンジ　ありがとう。安心して。自分の不安に振り回されない存在なんていないわ。あなたは、長い長い時間、ずっと独りでここにいたのね。九つの顔が、お互いに不安を語り合ったのね。心はひとつ、顔は九つ。だから、あなたの不安を語る声は九倍になったのね。さぞ、辛かったでしょう。
九頭龍　ギャオオオオオオ！
タンジ　でも、大丈夫。もう、あなたは独りじゃない。人身御供を食べた時、あなたは誰にも理解されない悲しみも共に飲み込んだでしょう。崇め恐れられることは本当に孤独になること。でも、もうあなたは独りじゃない。世界で一番孤独なあなたを私は抱きしめます。だから、お願い。この人達を通してあげてください。

浮いていたタンジェリン、地面に降りる。
その瞬間、

九頭龍　（凶暴な、かつ泣いているような）ギャオオオオオオ！

ずしーん。
タンジェリン、踏ん張る。

タンジ　おっとおおおおお！

黒マント、右手にブラシを左手に羽毛ブラシを、そして口に孫の手を加えて、九頭龍の足をかく。が、効き目がない。
ずぶずぶとタンジェリン、沈み始める。

タンジ　どうしてです！　九頭龍様！　あなたと同じぐらい私も孤独なのに……

と、ハラハラ、タンジェリンを突き飛ばして、代わりに踏ん張る。

全員（ハラ以外）　ハラハラ！

ハラ　僕の番だよ。さあ、みんな、今のうちに！

タンジ　だめよ！　あなたはここ一番に弱いんだから！

ハラ　僕、ハラハラ。人生のプレッシャーにものすごく弱い男。さあ、九頭龍様。聞いて下さい。世界で一番楽しいこと。それは、歯の浮くようなお世辞です！「九頭龍様、最高！　超イケメン！　竜の大王！　超カッケー！　一生、ついていきます！　僕の人生を変えた神様の中の神様！　九つの顔がすげー！　九つの尻尾がすげー！」

九頭龍　（怒ったように）ガオオオオオオオ！

風を切る音とハラハラに足がぶつかる音。
ハラハラ、九頭龍の足に弾き飛ばされる。

全員（ハラ以外）　ハラハラ！

ハラハラ、起き上がり、

ハラ　世界で一番楽しいこと、それはプレゼントです！　さあ、お受け取下さい！「ゴディバ」のチョコレート、「レジェンデールトリュフ」30個入りです！

九頭龍　ガオオオオオ！

風を切る音とハラハラに足がぶつかる音。
ハラハラ、九頭龍の足に弾き飛ばされる。

全員（ハラ以外）　ハラハラ！

ハラハラ、起き上がり、

ハラ　これはどうですか⁉「シャープアクオス　4K対応薄型テレビ」です！
九頭龍　ガオオオオオ！

風を切る音とハラハラに足がぶつかる音。
ハラハラ、九頭龍の足に弾き飛ばされる。

全員（ハラ以外）　ハラハラ！

ハラハラ、起き上がり、

ハラ　「下仁田ネギと上州和牛のすきやきセット」です！「ソニーのハイレゾ対応ヘッドホン」です！「ガールズ&パンツァー TV&OVA 5.1ch Blu-ray Disc BOX（特装限定版）」です！

九頭龍　ガオオオオオオ！

風を切る音とハラハラに足がぶつかる音。
ハラハラ、九頭龍の足に弾き飛ばされる。

全員（ハラ以外）　ハラハラ！

ハラハラ、起き上がり、

ハラ　怒ったぞ、俺は！　いったい、九頭龍様は何が欲しいんですか！　本当は自分の欲しいものが分からなくて、ただ、暴れてるだけなんじゃないですか⁉　いいですか！　私達、短命族のほとんどは自分が本当に欲しいものに出会う前に、人生が終わるんです！　それでも、明日には自分の本当に欲しいものと出会うかもしれないって思って、一生懸命、生きてるんです。混乱したり、怒っている時間なんて一秒もないんです。だって、短命族にとって、生きてることは、それだけで気絶するほど素晴らしいことなんです！　どうです！

聞いてて恥ずかしいでしょう！　言ってる私の方が何倍も恥ずかしいんです！　いったい、九頭龍様は何が欲しいんですか！　私の命をプレゼントしたら分かりますか⁉　九頭龍様！

ずしーん。

九頭龍　ギャオオオオオオオオオオオオ！

ハラハラ、踏みつぶされる。

全員（ハラ以外）　ハラハラ！

地面に横たわるハラハラ。
その時、小さな金色の破片がハラハラと降ってくる。

マッド　……これは。
タンジ　九頭龍様が消えた……。
きょー　ハラハラ！　やったぞ！　おめえはやったんだぞ！

三人、ハラハラに駆け寄る。

マッド　聞こえるか！　ハラハラ！
タンジ　（ハラハラを抱きしめて）ハラハラ！　しっかりして！
きょー　ハラハラ！　死ぬな！　ハラハラ！　俺はお前の奴隷になってやる！
マッド　ハラハラ！　目を覚ませ！
タンジ　ハラハラ！

全員、ハラハラの周りで立ち尽くす。
金色の破片が降り続ける。
六本木、キーボードを叩く手を止めて、ふうと溜め息をつく。
と、黒マント、六本木に駆け寄る。

黒マ　死んじゃダメだよ。おい。
六本木　⁉
黒マ　死んじゃダメだよ。
六本木　お前……私に話しているのか⁉

黒マ　だめだよ、死んだら。死ぬことに何の価値もないんだから。死んじゃだめなんだよ！

六本木　どうして……

黒マ　だめだって！　分からないのか！

六本木　そんな……私は夢を見ているのか……

黒マ　そんなことはどうでもいい！　死んじゃダメなんだ。さあ、早く！

六本木　あ、ああ……。

六本木、急いでキーボードを叩く。

ハラハラ、起き上がる。

ハラ　僕、ハラハラ。しゃべりすぎて、ノドが痛いね。

マッド・きょー・タンジ　ハラハラ！

タンジ　よかった！　ほんとによかった！

きょー　ご主人様！　やりましたね！

マッド　やる時はやるんだな！

ハラ　三途の川を渡ろうとしたら、ママに止められた。

タンジ　ウララがいたのね。

ずしーんという音。

全員（六本木以外）　えっ！

黒マント、六本木を見る。
金色の破片はぴたりと止まる。

六本木　ハラハラは怒りを鎮められなかった。
九頭龍　ギャオオオオオオオ！

ずしーん、ずしーん。

ハラ　みんな、帰ろう！　オアシスには行けないんだよ！　オアシスには行けないんだよ！

ハラハラ、棺桶の中に入ってフタを閉じる。

マッド　どうしよう！

黒マント、一歩前に立ち、

黒マ　九頭龍様！　私の質問に答えなさい！　質問！

九頭龍　ギャオオオオオオオオオオオ！

黒マ　よし、退却。

きょー　そんな！

マッド　おーい！

タンジェリン、独り、前に出る。

タンジ　九頭龍様。一緒に行きましょう。オアシスへ。

全員（六本木以外）　えっ？

タンジ　行きましょう。オアシスへ。

九頭龍　ガオオオオオオ！

マッド　タンジェリン、戻れ！

タンジ　これからの長い長い間、あなたは独りでずっとここにいるの？　淋しさに悶え苦しみながら、ずっとイケニエを待つの？　一緒に行きましょう、オアシスへ。そして、そこで新しい生活を始めましょう。大丈夫。オアシスには、希望があります。オアシスには、喜びがありります。オアシスには、絆があります。喜びを倍にし、悲しみを半分にする仲間がいます。九頭龍様。共にオアシスで汗を流しませんか？　崇め怖がられる対象から、愛され喜び合う仲間になりませんか？　ともにオアシスで新しい生活を始めましょう。さあ、行きましょう。オアシスへ。

九頭龍　ガオオオオオオ！

という声がだんだんと小さくなる。
そして、タンジェリンの差し出した手のひらに乗る。
微笑む、タンジェリン。
大切に、九頭龍様を飲み込む。

全員　！
タンジ　さあ、みんな。行きましょう。
マッド　あ、ああ。
きょー　あ、ああ。

ハラハラ、飛び出てくる。

ハラ　さあ、みんな、行こう！　洞窟はすぐそこだ！

マッド　洞窟を抜ければ、

タンジ　オアシスね！

きょー　オアシスだ！

4人、急いで去る。

黒マント、それを見つめる。

六本木　だが、その洞窟で待っていたものは、

黒マ　一緒に行くかい？

六本木　えっ

黒マ　一緒に行くかい？

六本木　……バカな。私は作者だよ。

黒マ　目に見えるあんたは、この物語をオアシスに行けない悲劇で終わらせようとしている。けれど、目に見えないあんたは、猛烈に知りたがっている。洞窟の先に何があるのか。そうだろ？

六本木　えっ。

黒マ　……一緒に行くかい？

六本木　……。

六本木、ゆっくりと立ち上がる。
黒マント、走り去る。
六本木、後を追って走り去る。
暗転。

シーン9

電話の呼び出し音。
明かりつく。
六本木の家の固定電話に出る直太郎。

直太郎　はい。文豪六本木です。

朝霧、携帯で電話しながら登場。

朝霧　あ、なおちゃん。先生、いる?
直太郎　それがいないのよ。
朝霧　先生の携帯に電話しても、返事がないのよ。
直太郎　気分転換に散歩でもしてるのかしら。
朝霧　そう。ねえ、なおちゃん。お願いがあるの。
直太郎　朝霧さんのお願いって、なんか嫌な予感がするわ。

朝霧　そんなんじゃないわよ。ただ、先生の小説の続き、メールで送って。
直太郎　思った通りじゃないの！　そんなこと勝手にしたら、ほんとに怒られるわよ！
朝霧　どうしても、読みたいの。お願い！
直太郎　先生の原稿、よくないの？
朝霧　大丈夫。直せばなんとかなるから。そのためにも、早く読みたいの。ね。
直太郎　やっぱり、だめよ。
朝霧　なおちゃんの頼み、なんでも聞くから。
直太郎　（ニヤリ）なんでも？
朝霧　なんでも。ねえ、読みたいのよ。今すぐ。お願い。
直太郎　ねえ。朝霧さんは、先生の過去はどこまで知ってるの？
朝霧　過去？
直太郎　朝霧さん、先生に「集団論が得意」って書いたでしょう。ユートピアについてもいろいろと詳しいって。
朝霧　先生のウィキペディア、見てないの？
直太郎　見たわよ。でも、ざっとしたことしか書いてないんだもん。
朝霧　知りたいの？
直太郎　知りたいの。
朝霧　どーしようかなあ。先生の個人情報だからなあ。勝手には言えないよねー。

直太郎　朝霧、すっごい性格ブス。だから、イケメンのダメンズにもてあそばれるのよ！
朝霧　ちょっと、なに、それ！　教えてあげないわよ。
直太郎　小説、送ってあげないわよ！
朝霧　……どこまで知ってるの？
直太郎　だから、先生、二十代前半で『天使の規則』っていう小説がヒットして、
朝霧　それが、小さなお店にいろんな傷ついた人が集まるっていう物語だったのね。その通り、いろんな人が先生の所に集まり始めたのね。いじめられてる人とか、今でいうＬＧＢＴの人とか、不登校とか。
直太郎　集まるって？
朝霧　先生、小さなアパートに住んでたんだけど、徐々に、差別されたりいじめられてる人が引っ越してくるようになったみたいよ。
直太郎　ときわ荘ね。それはマンガ家が集まったときわ荘！
朝霧　で、二十人ぐらいになった所で、もっと広い場所がいいってことで、『天使の家』っていうコンビーフ作ったのね。
直太郎　コンビーフじゃなくて、コミューンね。
朝霧　それ。それから？
直太郎　最終的には、50人ぐらいになったんじゃないかなあ。田舎の廃校になった小学校を買って、
朝霧　もちろん先生が一番お金を出したけど、参加メンバーもバイトとかして、みんなで『天使

直太郎　の家』っていうコミューンを始めたの。共同生活しながら、グラウンドを畑にして、いろんな野菜とかも作ったって。
朝霧　先生がいくつの時？
直太郎　たしか、26ぐらいじゃないかなあ。メンバーは全員、十代と二十代だったって。
朝霧　お百姓さんになったってこと？
直太郎　それだけじゃなくて、いろんなこと。雑誌作ったり、歌歌ったり。まあ、みんなで助け合って生きてたのかな。
朝霧　それから、
直太郎　だけど、3年ぐらいで『天使の家』は失敗するのね。
朝霧　それよ。どうして？　なにがあったか、ネットには全然、出てないのよ。
直太郎　私が知ってるのはね、
朝霧　うん。
直太郎　なおちゃんが、先生の小説を送ってくれたら、言っちゃおうかなあ……
朝霧　朝霧さん。
直太郎　早く送ってくれないかなあ。送ってくれたら、代わりにメールで教えるから。「ああ！　六本木実に衝撃の過去！　コミューン『天使の家』の劇的な結末！　失敗の原因はまさかの！」さあ、送信の準備はできたかなあ……。
直太郎　もう、分かったわよ。恋愛下手なのに、どうして交渉上手なの？

朝霧　いちいち、うるさい。すぐに送ってね。待ってる。

直太郎　分かったわ。

朝霧、去る。

直太郎　（パソコンを操作しながら）先生、ごめんなさい。バレても怒らないでね。全部、朝霧さんに脅迫されてしかたなくやったんです。朝霧さんはキレるとものすごく怖いんです。ブラジリアン柔術の使い手なんです。嘘です。はい。クリック。メール、飛んでけー！

直太郎、送信した画面を見る。

直太郎　で、どんなお話なのかな？……えっ。

直太郎、画面を食い入るように見る。

暗転。

シーン10

暗闇の中に何本もの懐中電灯の明かりが、見えてくる。

マッド　みんな、大丈夫か⁉
きょー　おう！
タンジ　ええ！
ハラ　だめだ。戻ろう！
タンジ　ひえっ！
ハラ　（その声にビビって）わっ！
マッド　どうした⁉
タンジ　大丈夫。首筋に水滴が落ちたみたい。
ハラ　みんな。出口がまったく見えない。引き返そう！　それがみんなのためだ！
きょー　わお！
ハラ　ひえっ！
マッド　どうした⁉

きょー　あそこに誰かいる。
タンジ　どこ？
きょー　あそこ。
マッド　えっ。ひえっ！
ハラ　わあ！
タンジ　ひえっ！
マッド　どうした⁉
タンジ　こっちにも、誰かいる！
きょー　そんな。……ひえっ！
ハラ　わお！　こっちもだ！
マッド　待て！　これは……鏡だ。
全員（マッド以外）　鏡？
マッド　この洞窟、鏡でできてるんだ。
タンジ　鏡の洞窟……。
ハラ　なんだよ、おどかすなよ……ぎゃあー！

ハラハラの懐中電灯の先に、六本木がいる。

全員　（驚きの声）
マッド　なんだ、お前は⁉
六本木　え、いや、私は、
きょー　なんだ、てめえは！
六本木　私は……作者だ。
マッド　作者？　それは名前か？　種族の名前か？
タンジ　作者族？
きょー　作者族なんて聞いたことないぞ。
六本木　いや、つまり、君達を作った人間だ。
マッド　なんだ、キチガイか。私も故郷じゃあ、キチガイと呼ばれていた。マッド・サイエンティストだ。よろしく。
六本木　いや、その、
ハラ　僕、ハラハラ。キチガイと友達になれて嬉しいよ。（ハラハラは高校の制服姿）
タンジ　あなたもオアシスに行きたいの？
六本木　えっ……いや。（曖昧な返事）
きょー　しかし、鏡の洞窟ってのは薄気味悪いなあ。

進もうとする。

と、声が飛ぶ。

ラブ　待て！

ペンギンの格好をしたラブ・ミー・ドゥーが立っている。（朝霧と二役）

きょー　また、変なのが出てきたぞ。
ラブ　（きょーへいに）お前。
きょー　なんだよ。
ラブ　今、薄気味悪いと言ったな。
きょー　それがどうした？
ラブ　薄気味悪いというのは、「気味悪い」が薄いという意味のはずなのに、「気味悪い」と「薄気味悪い」を比べると、薄気味悪いの方が断然、気味悪いと感じられるのはおかしくないか？
きょー　何が言いたいんだ？
ラブ　これだけ丁寧に言っても、私が何を言いたいのか分からないのか。お前、バカだな。

きょーへい、右足が激しく痛む。

きょー　うっ。
ラブ　お前は奴隷族だったのか。これはすまないことをした。
タンジ　どういうこと？
六本木　奴隷族は、心の傷がそのまま、体の傷になるんだ。
マッド　キチガイ、お前、知っているのか？
六本木　キャラクターの基本設定だからな。でも、これから先の展開は分からない。
ハラ　どういう意味？
マッド　気にするな。キチガイの言うことだ。
タンジ　でも、どうして心の傷が、そのまま体の傷になるの？
きょー　ご主人様は、おいらが傷つくのが楽しいのさ。それも、目に見える形で傷つくのが大好きなんだ。
タンジ　そんな……（きょーへいを見つめて）ばか。

きょーへい、左手が激しく痛む。

きょー　うっ！　あんたは悪魔か!?
タンジ　ごめんなさい。これぐらいで傷つくの？

きょー　俺はあんたに対して心を開いているから、単純な言葉で傷つくんだよ！　はなから、敵だと思ってれば、めったなことじゃ、傷つかないよ！

タンジ　（感動して）ありがとう。

きょー　そういうことじゃないだろう。

マッド　お前はなんなんだ？

ラブ　南極のコウテイペンギンは、氷の上に立ち、じっと海を見つめている。それは、幻の恋人を待っているのではなく、海の中に自分達を食べてしまうアザラシがいるかどうか不安で見つめているのだ。やがて、コウテイペンギンは仲間同士、押し合いを始める。そして、一匹が水際から海の中に突き落とされる。その一匹を見て、アザラシがいるかどうかを判断するのだ。

タンジ　まあ。

きょー　だからって、どうしてそんな格好をしてるんだよ！

ラブ　私が、突き落とされたコウテイペンギンでっす！

全員（ラブ・六本木以外）　えっ。

ラブ　ペペン、ペンペン。いいんじゃないの！　その通りだよ！　君の人生、認めるよ！……コウテイペンギン！

マッド　なんなんだ、お前は！

ラブ　だから、私は突き落とされたコウテイ、

きょー　それはもう聞いた！
タンジ　アザラシはいたのですか？
ラブ　いたら、私はここにいません。
ハラ　いなくてよかったね。ハラハラ、嬉しいよ。
ラブ　いた方がよかったのかもしれません。
全員（ラブ以外）　えっ。
マッド　名前は何というんだ？
ラブ　人に名前を聞く時は、まず自分から名乗るのが礼儀です。それは軽視されがちですが、異文化が出会う時には、とても重要な手順です。
マッド　お前、頑固族か。
ラブ　それは周りが勝手につけた名前。私達は自分達のことを、信じる思いの信念族と呼んでいます。
ハラ　信念族。
ラブ　新しい年と書く新年族じゃないぞ。それだと、毎日、あけましておめでとうございますと挨拶しなきゃいけなくなるからな。ぺペン、ペン。ちょっとすべった……。負けるな！これでいいんだ！　爆笑ジョークだ！　コウテイペンギン！
タンジ　私はタンジェリン・ドリームです。あなたのお名前は何というのですか？
ラブ　ラブ・ミー・ドゥーです。

タンジ　まあ、素敵なお名前。
ラブ　どうもありがとう。
きょー　さあ、行こうぜ。

と、きょーへいの足元に矢が、どこからともなくひゅんと飛んできて刺さる。

きょー　ひょえ！
マッド　何をするんだ⁉
ラブ　残念ですが、貴方たちはこの鏡の洞窟を通り抜けることはできません。
タンジ　どうして？
ラブ　あなた方が望んでないからです。
全員（ラブ以外）　えっ？
ラブ　あなた方は、オアシスに行きたいと思いながら、同じぐらい、自分の共同体に帰りたいと思っている。
全員（ラブ以外）　えっ。
ラブ　目に見えないあなたは、狂おしいほど故郷に帰りたがっている。
タンジ　博士、本当なんですか？
マッド　バカな！　誰があんな場所に帰りたがる！

ラブ　それは、目に見えるあなたが言っているのです。目に見えないあなたは、共同体を猛烈に求めている。

マッド　あいつらは私のことをキチガイと呼んだんだぞ。私のレベルを勝手に決めつけて、私を抑えつけた。あの街の私は本当の私じゃない。帰りたいわけがないだろう！　さあ、行こう！

その瞬間、矢がひゅんひゅんと飛んできて、刺さる。
全員（ラブ以外）、足がすくむ。

全員（ラブ以外）　！

ラブ　目に見えるあなたと、目に見えないあなたが分裂している限り、この『鏡の洞窟』を通り抜けることはできません。

ハラ　分かりました。さあ、みんな帰ろう。分裂しないでね。団体行動だから。

マッド　お前に我々を止める権利はない！

ラブ　私ではありません。あなた達を止めているのは『鏡の洞窟』です。より正確に言えば、止めているのは、『鏡の洞窟』によって拡大された、「目に見えるあなた」と、「目に見えないあなた」の分裂です。この矢は、「目に見えないあなた」から「目に見えるあなた」に放った精神が実体化したものです。

タンジ　精神が実体化したもの……

六本木　では、あなたは何です？

ラブ　私は、『鏡の洞窟』が作家だとしたら、まあ、編集者？　作家の思いをうまく人々に理解されるように説明しているんです。

六本木　なぜ？

ラブ　だって『鏡の洞窟』が私の居場所ですから。

タンジ　エクスペリアームス・ステューピファイ・ダニエルビミョー・ロンハナデカ・ワトソンビジン！

全員　……。

タンジ　残念だわ。

マッド　……タンジェリン、どうしたんだ？

タンジ　いえ、博士。普通、これぐらい旅を続けていると、メインキャラクターは魔法が使えるようになるのがファンタジー小説の常識ですから。ペンギンを消そうと思ったんですけど、まだＭＰが足らないみたいです。

六本木　いや、これはファンタジー小説じゃないんだ。

きょー　キチガイはしっ。（と、口に指を当てる）

タンジ　お願いです。私達を通して下さい。

ラブ　あなたは……通れます。

全員（ラブ以外）　えっ？

ラブ　あなたは通れます。さあ、どうぞ。

タンジ　でも、私は……独りは嫌です。

ラブ　そうですか。では、戻りなさい！

全員（ラブ以外）　……。

タンジ　待って。あなた、泣いてるのね。

ラブ　は？

マッド・きょー・ハラ　来たぞ、来たぞ。

タンジ　可哀相な人。あなたはあなたを突き落とした仲間を憎みながら、この『鏡の洞窟』に独り、住んでいるのね。大丈夫。あなたはもう独りじゃないわ。

ラブ　仲間を憎んでも意味はないです。憎むのは、共同体のルールです。ですが、これは共同体を守るためにはベストなルールです。私はこのルールが大嫌いです。

ハラ　だから、何が言いたいのかな？

ラブ　言いたいことは、分裂してます。

タンジ　いいえ。あなたは泣いています。分裂しながら号泣しています。『鏡の洞窟』を通り抜ける方法がきっとあるでしょう。教えて下さい。だって、ラブ・ミー・ドゥー、あなたは本当はとても優しい御方《おかた》。

ラブ　え？

タンジ　ラブ・ミー・ドゥーはとっても優しい御方。ねえ、博士。
マッド　ああ。ラブ・ミー・ドゥーは、とっても魅力的だ！
ラブ　(少し喜んで) えっ？
きょー　ラブ・ミー・ドゥーは、笑顔がとっても可愛い！
ラブ　(少し喜んで) えっ？
ハラ　ラブ・ミー・ドゥーは、とってもキュートだ！
ラブ　(少し喜んで) えっ？

4人、六本木を見る。

六本木　ラブ・ミー・ドゥーは、とてもめんどくさそう。
ラブ　(少し憮然と) えっ？

きょーへい、六本木の頭をしばく。

六本木　ラブ・ミー・ドゥーは、とってもセクシーだ！
ラブ　(少し喜んで) え？
タンジ　教えて、ラブ・ミー・ドゥー！

マッド　洞窟の秘密を、ラブ・ミー・ドゥー！
ハラ　話して、ラブ・ミー・ドゥー！
全員（ラブ以外）　ラブ・ミー・ドゥー！
きょー　レッツ・ミュージック！

音楽がかかる。
ラブを誘って、ダンスが始まる。
やがて、踊りながら、

タンジ　何か方法があるでしょう？
マッド　この洞窟を通り抜ける方法が。
ラブ　（思わず）ひとつだけ方法があるわ。
きょー　わお！　あるんじゃないの！
ハラ　僕、何したらいいの？
タンジ　それは何？
マッド　それは何だ!?
六本木　何です？
ラブ　イケニエを捧げること。

全員（ラブ以外）　えっ。

音楽、止まる。

六本木　イケニエ……。

ラブ　「目に見えるあなた」と「目に見えないあなた」の分裂は、イケニエを捧げることで一時的に麻痺します。その間に、この洞窟を駆け抜けるのです。

全員（ラブ以外）　イケニエ……。

全員、思わずお互いを意識する。

ハラ　分かった。ここは僕だね。ハラハラ、イケニエになるよ。

マッド・きょー・タンジ　ハラハラ！

ハラ　みんなが救われるんなら、僕は満足なんだ。

ラブ　ダメです。

ハラ　えっ？

ラブ　あなたはイケニエに値しない。あなたは、存在が小さ過ぎて分裂は麻痺《まひ》しません。

ハラ　そんな……。

マッド　むごい。まるで妹の身代わりに、出張ヘルスに働きに行った姉が、いきなり、客からチェンジ食らうようなものだ。
きょー　分からないようで、よく分かる譬《たと》えだ。
ハラ　全然、平気。僕、気にしないから。ハラハラ、全然、平気。全然、平気。

と言いながら、ハラハラ、棺桶の中に入ってフタを閉める。

ラブ　戻りなさい。イケニエなんて考えたら、イケニエ！……大丈夫。ペンギンは寒さに平気。みんな心の中で爆笑してるの。コウテイペンギン！
タンジ　私はイケニエになれますか？
ラブ　えっ？
タンジ　私はイケニエになれますか？
ラブ　ええ。あなたはイケニエに相応しい。
マッド　だめだ！　タンジェリン、何を言い出すんだ！
タンジ　博士！　これしか方法はありません。
六本木　ダメだ！　イケニエはダメだ。そんな話じゃないんだ。イケニエなんて言うなら、オアシスには行かなくていい！
マッド　その通りだ！　気の狂った優しい人。なんて素敵なことを言うんだ。ちょっと待ってね。

ラブ　（ラブに）彼はイケニエになれるかな？
マッド　えっ、ええ。
六本木　心優しき友よ。折入って、お願いがあるんだ。
マッド　イケニエはダメだって！
タンジ　ここで会ったのも、何かの縁だし。
六本木　博士！　私がイケニエになります！
マッド　だめだ！
きょー　そうだ！　だから、ここは一番、フケ顔の君を、
ラブ　お前達、落ち着けよ！
　　戻りなさい！

もめる全員。
と、黒マントがさっと登場。

黒マ　そこのペンギン！　この質問に答えなさい！　もし、答えられなければ、この人達の願いを聞いてあげなさい！　問題！「集団のためには絶対に必要なのに、同時に必ず排除されるものは何？」
ラブ　イケニエ！

黒マ　正解！　さらばじゃ！

黒マント、去ろうとする。

マッド　おい、おっさん！
黒マ　（ピクッと）おっさん……。
マッド　役に立ってよ。
黒マ　えっ？
マッド　お願いだから、役に立ってよ。
黒マ　充分、役に立ってるつもりなんだけど。場もなごませてるし。えっ？　また踊る？
タンジ　踊りはもういい！　もっと実質的に役に立って。
黒マ　実質的？
マッド・きょー・タンジ　実質的！

黒マント、マントの中から水晶球のようなものを出し、

黒マ　（老婆のような口調で）これは、見えないものが見える魔法の玉じゃ。だが、気をつけてお使いなされ。（と、マッドに渡しながら）使い方を間違えると、取り返しのつかないことに

なるぞ。ふおっ、ふおっ、ふおっ。

黒マント、笑いながら去ろうとする。タンジェリン、黒マントを引っ張り、

タンジ　どうやって使うの？
黒マ　（マントを引っ張られて首がしまる）うがっ。
きょー　（水晶玉を覗き）おっ。ペンギンが二匹いるぞ。
マッド　ほんとだ！
六本木　博士。あなたも二人。一人は大きい！
マッド　ほんとだ。これが「目に見えない私」なのか!?　キチガイ、お前も二人。一人は私より大きい！

棺桶が開く。

ハラ　うん。それは、つまり、「目に見えない理想の私」は、「現実の私」よりはるかに大きいってことだね。
タンジ　ハラハラも二人！　でも、一人はものすごく小さい！
ハラ　うん。それはつまり、「理想の私」は「現実の私」よりはるかに小さいってことだな。う

ん。僕、解説は得意なんだよ。小さいのは悲しいぞ。

ハラハラ、棺桶の中に戻る。

マッド　タンジェリンは一人だ。
タンジ　きょーへいさん。あなたも二人。でも、もう一人は誰よりも大きくて、泣いてる。
きょー　えっ……。（水晶玉を凝視する）
マッド　（水晶玉を見て）いや、怒ってるんじゃないか⁉
六本木　（水晶玉を見て）いや、絶望しているように見える。
きょー　……。（凝視している）

この騒ぎの間に、黒マント、いなくなってしまう。

きょー　（水晶玉を見ながら）これがもう一人の「目に見えない自分」……。
六本木　（ハッと）博士、あなた自己嫌悪を失くす薬を持っているはずですが。
マッド　「バイバイケンオ」のことか。どうしてそれを？
六本木　その薬は、「目に見えない理想の自分」と「目に見える現実の自分」のうち、弱い方を取り去るんでしょう。

マッド　（薬を取り出して）そうだ。そこまで知っているのか。
六本木　だから、その薬を飲めば、
マッド　そうか！　飲めば、「目に見えない自分」と「目に見える自分」の分裂はなくなり、この洞窟を通れるようになる！
タンジ　博士！
ラブ　本当ですか⁉「目に見えない自分」だけになったら、現実のあなたはこの世界から消えて見えなくなるんじゃないんですか⁉
きょー　どうなんだ⁉
マッド　いや、まだこの薬は実験したことがないんだ。理論的には間違いないんだが。
きょー　俺が実験する！

きょーへい、薬を奪って飲む。

マッド　きょーへい！
ラブ　ダメ！
六本木　きょーへい！
タンジ　なんてことを⁉
きょー　俺の姿はどうなってる？

タンジ　そんな……。
きょー　どうなってる⁉
マッド　だんだんと、
きょー　だんだんと？
ラブ・タンジ・マッド・六本木　透明になってる！
きょー　透明……。

マッド達、水晶玉を見る。
きょーへいとラブ・ミー・ドゥーに光が集まり、水晶玉を見ている人達の姿が見えなくなる。
透明な目に見えないきょーへいは、目に見えないラブ・ミー・ドゥーが見えるようになる。

ラブ　どうしてそんなことをしたの⁉
きょー　お前は目に見えないペンギンか⁉
ラブ　そうよ。決して言葉にならない言葉を抱え込んでいる、目に見えないペンギンよ！
きょー　俺の話をよく聞け！　そして、目に見えるペンギンにも伝えろ！
ラブ　えっ？
きょー　昔々、ある所にご主人様がいました。ご主人様はいつも退屈していました。ご主人様は、いつも奴隷に命令しました。

仮面をつけた男3人、登場。
3人同時に声を出す。

仮面男　つまらん！　つまらん！　つまらん！　奴隷よ！　私をもっと楽しませろ！
きょー　ガッテンガッテンガッテン！
仮面男　つまらん！　つまらん！　つまらん！　奴隷よ！　私をもっともっと楽しませろ！
きょー　イエス！　イエス！　イエス！
仮面男　つまらん！　つまらん！　つまらん！　奴隷よ！　私をもっともっともっと楽しませろ！
きょー　何をしてもご主人様は満足しなかった。毎日、毎日、私に命令を続けた。
仮面男　楽しませろ！　私を楽しませろ！　退屈な毎日を、お前の道化で笑いの園に変えろ！
きょー　裸踊り！
仮面男　わはっはっはっ！
きょー　トイレの水、ごくごく！
仮面男　わっはっはっはっ！
きょー　屋上からの飛び下り！
仮面男　わはっはっはっ！
きょー　ある日、メイドのシンシアがご主人様にもの申した。

仮面をつけたシンシア、登場。

シン　ご主人様。少しお休みを。このままでは奴隷は死んでしまいます。
仮面男　それが最高の娯楽ではないか！
きょー　そして、シンシアも奴隷にされた。
仮面男　つまらん！　つまらん！　つまらん！　二人の奴隷よ！　私をもっと楽しませろ！
きょー・シン　二人で殴り合い。二人で小便の掛け合い。二人でオナニー。
仮面男　つまらん！　つまらん！　つまらん！　奴隷よ！　私をもっともっと楽しませろ！
きょー　俺達は、いつも二人でご主人様を楽しませた。素っ裸でセックスさせられたこともあった。
　でも、俺達は絶対に恋に落ちなかった。
ラブ　どうして？
きょー　俺達はお互いを軽蔑していた。
仮面男　つまらん！　つまらん！　つまらん！　二人の奴隷よ。今日はわしの趣向だ。
きょー　なんですか？
仮面男　どっちか、死ね。
きょー・シン　えっ!?
仮面男　どっちか、死ね。王国の高い塔から飛び下りろ。面白い見せ物になるぞ。

きょー・シン　……。
仮面男　どっちにするかは、二人で決めろ。
きょー・シン　えっ
仮面男　二人で決めろ。わしは決めん。
ラブ　それで？
きょー　俺はシンシアに言った。逃げよう。
シン　ムダよ。奴隷が逃げられるはずがない。
きょー　逃げるんだ。
シン　どこへ!?　逃亡罪は死刑よ！　ご主人様はどこまでもどこまでも追ってくるわ！
きょー　逃げた奴隷が無罪になる場所がきっとある。
シン　ほんと？
きょー　ああ。俺を信じろ。明日、門の前で待ってる。逃げよう！
シン　分かった。
きょー　いつもの格好で、荷物は持たないで。
シン　いつもの格好で、荷物は持たないで。
きょー　逃げよう！
シン　逃げよう！
きょー　次の日の早朝、俺は門の前でシンシアを待った。そして、仮面をつけた主人達、現れる。

きょー　えっ⁉

仮面男　シンシアが教えてくれたよ。

仮面1　シンシアを捨てて、

仮面2　自分だけ逃げようとするなんて、

仮面3　心の底から、お前は腐った、

仮面男　最低の奴隷だな！

主人達、きょーへいを捕まえようとする。

きょーへい、ポケットから出したナイフを振り回して、主人達を傷つける。

仮面男　（反応）

きょーへい、走り去る。

仮面1　待て！

仮面2　奴隷が逃げたぞー！
仮面3　追え！
仮面1　地の果てまで追いかけろ！
仮面2　奴隷を逃がすな！
仮面3　どこまでも追いかけろ！
仮面男　奴隷を逃がすな！

主人達、追いかけて去る。

きょー　……この話をするのは初めてだ。
ラブ　これが、目に見えないあなたが話したいことなのね……。
きょー　俺はどうしていいか分からない。俺は死にたい。
ラブ　目に見える自分じゃないと、自分を殺せないわよ。
きょー　君は自分を突き落とした仲間を恨まないのか？
ラブ　目に見えない私はものすごく恨んでる。でも、目に見える私はしょうがないと思ってる。
きょー　それで平気なのか？
ラブ　全然、平気じゃない。
きょー　俺、君のこと、よく分かるよ。

ラブ　きっと誤解よ。

きょー　うん。でも、愛のない理解より、愛のある誤解の方がいい。

ラブ　目に見える私は納得しないわ。

きょー　君はオアシスに行きたくないの？

ラブ　私にはやることがあるから。

きょー　なに？

ラブ　突き落とされたコウテイペンギンを待つの。

きょー　待ってどうするの？

ラブ　あなたは独りじゃないって言うの。

きょー　ずっと分裂したまま？

ラブ　ずっと分裂したまま。

きょー　君が人間なら、俺はきっと恋に落ちてた。

ラブ　ありがとう。あなたがペンギンなら、きっとね。

きょー　……目に見えない俺でもイケニエになれるかな。

ラブ　ええ。立派なイケニエになれるわよ。

きょー　みんな！　聞こえるか！　俺はイケニエになる！

水晶玉を覗いているマッド、タンジェリン、六本木の姿が見えてくる。

マッド　きょーへい！
六本木　ダメだ！　イケニエになんかなったらダメだ！
タンジ　ダメよ！　みんなで幸せになるのよ！
きょー　さあ、みんな走るんだ！
六本木　だめだ！　一緒にオアシスに行こう！　イケニエになんかならないで、オアシスに行こう！　みんなでオアシスに行こう！
タンジ　そうよ！
きょー　これは俺の意志だ。俺は初めて、自分の意志で自分の人生を決めるんだ！
ラブ　あなたは、この洞窟が続く限り、鏡のきらめきの中に封印されます。あなたが眠る洞窟を私は永遠に守ります！（六本木達に）さあ、走って！

『鏡の洞窟』に不気味な音が響き、振動し始める。

きょー　みんな！　走るんだ！
六本木　だめだって！
マッド　きょーへい！
タンジ　きょーへいさん！

六本木　一緒にオアシスに行こう！　君にはオアシスが必要なんだ！

きょーへいとラブ・ミー・ドゥー、暗闇に消えていく。

六本木　きょーへい！
タンジ　どうしたらいいの⁉
マッド　行こう。
六本木・タンジ　えっ？
マッド　オアシスに行こう。
六本木　しかし、
タンジ　だけど、
マッド　行きたくないのか⁉
六本木　えっ……。
マッド　行くんだ！　オアシスへ！

マッド、タンジェリン、六本木、そしてマッドに引かれた棺桶が進んでいく。
不気味な音が大きくなる。

マッド　急げ！

走り続ける三人。

と、光があちこちから差してくる。

タンジ　なに⁉

マッド　オアシスだー

六本木　オアシス！

タンジ　オアシス！

マッド　オアシスだー

シーン11

やがて、光が満ち溢れてくる。
声が聞こえる。

「ようこそ、オアシスへ！」

音楽！
テンクチャー（浦川を演じた俳優）を中心として、オアシスの人達が、マッド、タンジェリン、六本木を祝福しながら登場。
人々は満面の笑み。

テンク　ようこそ、オアシスへ！
人々　ようこそ、オアシスへ！
マッド　オアシス……ここは本当にオアシスなのか⁉
テンク　そうです。あなた達は、とうとう、たどり着いたのです！

人々　おめでとうございます！

六本木は、テンクチャーの姿を見て、身構える。

六本木　ここがオアシス……。
タンジ　博士、とうとう来ましたね！
マッド　ああ。ついに、ついに……
テンク　そうです。ここがオアシスです！　今日から、みなさんはオアシスのメンバーです。さあ、みなさんの歓迎パーティーです！

オアシスの人々、口々に「はい！」「おめでとうございます！」「お待たせしました！」「ようこそ！」「今日から仲間です！」などと叫びながら、豪華な食事を用意し始める。

テンク　さあ、食べて下さい！　飲んで下さい！　私達の心ばかりのおもてなしです。よくぞ、オアシスにたどり着かれました。長い旅、本当にご苦労様でした。
人々　ご苦労様でした！
テンク　みなさんを、仲間として心から歓迎します！
人々　歓迎します！

ハラ　美味しい！　これ、すっごく美味しいよ！
タンジ　ハラハラ！

いつのまにか、ハラハラが棺桶から出て食事している。

ハラ　よかったね。僕、オアシスにたどり着けるようにずっと棺桶の中で祈ってたんだよね。
マッド　君は誰なんだ？
テンク　私の名はテンクチャー。オアシスを守っている者です。
六本木　テンクチャー。
テンク　六本木先生。ずっとお待ちしていました。
六本木　ここはオアシスじゃないだろう。
テンク　いいえ。今度こそ、本当のオアシスになるのです。

人々の中には、ムーンライト・ビリーバーに似たサンライト・ビリーバーもいる。

タンジ　あれ、あなたもオアシスにたどり着けたの？
サン　えっ？
マッド　ほら、私達だよ。洞窟の入口で会った、

サン　知りませんよ。ようこそ、オアシスへ！
テンク　（マッドに）あなたはオアシスで何をしたいですか？
マッド　私は魂の研究を続けたい。私は、本当はこんなレベルじゃないんだ。ここなら、私は歴史に残る科学者になれる。
テンク　今、オアシスにいろんな建物を建てています。そのうちの一つを研究所にしましょう。
マッド　ありがたい。
タンジ　博士。私、この食べ物、食べたことがある。
マッド　えっ⁉　タンジェリン、何を言い出すんだ？
タンジ　私、この食べ物知っている。甘さより苦さと苦しさの方が強い。
六本木　食べ物を知ってる？
マッド　肉体を持たない魂族は、食べ物の精神を食べます。つまり、作った人の精神状態を食べるのです。
タンジ　この食べ物、あなたが作ったんですか？
テンク　みんなで作りました。
タンジ　みなさん、泣きながら作りませんでしたか？
テンク　とんでもない！　そんなわけないでしょう。
マッド　すまない。タンジェリンには、悪意はないんだ。
テンク　（ハッと）まさか……あなたは……あなたは、魂族なんですよね？

タンジ　今はそうです。
テンク　今は？　昔は違うんですか？
タンジ　それが、分からないのです。
マッド　私達が出会った時、彼女は記憶喪失の状態だったんだ。
テンク　記憶喪失……タンジェリンという名前は？
マッド　彼女の魂と出会った夕暮れは、太陽が山の風景を鮮やかな赤橙色《あかだいだい》に染め上げていて、夢のようだった。だから、私は「タンジェリン・ドリーム」と名付けたのだ。
タンジ　私には美しすぎる名前です。
テンク　記憶喪失……そんな……。
六本木　どうしたんです？
テンク　……さあ、みなさん。お食事を続けて下さい。私は少し失礼します。
ハラ　（去るテンクチャーに）僕はオアシスがもっと素敵になるように頑張ります！

テンクチャー、去る。

サン　さあ、食べておくれ！　美味しいかあ？　美味しいなあ！
ハラ　すっごく美味しいです！　ハラハラ、生きてる意味がありました！
サン　さあ、楽しんでおくれ！　楽しいかあ？　楽しいなあ！

ハラ　すっごく楽しいです！　ハラハラ、生きててよかったです！
タンジ　博士！　私、この食べ物も知ってます！　これも！　この食べ物も！
六本木　えっ!?

マッドに明かりが集まる。

マッド　その日、食べ続けて終わる。翌日、タンジェリンの様子が変わった。

タンジェリンにも、明かり。

タンジ　博士。私、この場所を知っています！　なぜでしょう！　でも、私はここで生活していました！
六本木　生活していた!?
マッド　朝からオアシスを案内される。人々はいろんな作業をしていた。土を耕す者、木を切る者、料理をする者、絵を描く者。見て回る間に、キチガイがキチガイになる。
六本木　この物語は俺に何をさせたいんだ！　もう勘弁してくれ！　終わらせてくれ！　もうたくさんだ！
テンク　落ち着いて！　六本木先生。ここは本当にオアシスになるんです！

マッド　キチガイに影響されて、タンジェリンまでも意味不明なことを叫び始めた。いや、胸の中に住む九頭龍様の影響なのだろうか。

タンジ　オアシスの人々は六本木先生に対する感謝が足らないの！　ここは六本木先生が作った場所よ！　それを分かってない人が多すぎる！　いいえ。頭で分かっていても、心から分かってないわ。本当に感謝していたら、六本木先生が傍を歩いている時に、手を止めて挨拶するはずよ。でも、あの人達は、畑仕事を続けながら片手間にすませたわ！　あの時、六本木先生は穏やかに微笑まれていたけれど、心の中は悲しみに溢れていました。六本木先生の絶望が私を突き刺し、そして、六本木先生に対する申し訳なさで涙が溢れてきました。明日も、六本木先生は散歩に出かけられます。何をしたらいいか、分かってますね。

テンク　……。

タンジ　分かってますね！

テンク　……はい。

マッドに明かり集まる。

マッド　次の日、タンジェリンは私に言った。

タンジ　博士。助けて下さい。私は混乱しています。言葉が、自分でも分からない言葉が溢れ出てくるんです！　私は私でなくなっていきます！（ガラッと変わって）テンクチャー！　この食事の味付けは何⁉　六本木先生は濃い味付けが好みだと何回言えば分かるの！　六本木先生への感謝が足らないのよ！

マッドに明かりが集まる。

マッド　それから数日が過ぎた。タンジェリンはますます、意味不明なことを叫び続けた。

タンジ　六本木先生。私、文章書いてみたんです。どうか添削して下さい。六本木先生に直接教えていただけたら、こんな幸せはありません。私、今、文章を書きたくて書きたくてどうしようもないんです。芸術的向上心というものだと思います。誰です！　六本木先生のお心を乱す者は⁉『天使の家』は六本木先生のものなのです！　それが嫌な人は出ていきなさい！　六本木先生のお心に背く者は許しません！

テンク　六本木先生！

六本木　分からないよ、テンクチャー。お前の言うこととタンジェリンの話はまったく違っているんだ。私にはタンジェリンの言っていることが嘘には思えないんだよ。お前達にも悪い所があるんだろう。あれはああいう性格なんだ。許してくれないか。どうか、タンジェリンを受け入れておくれ！

テンク　六本木先生！

マッドに明かりが集まる。

マッド　そして、オアシスに着いて10日が過ぎた。とても10日には感じられなかった。まるで、何年にもわたる濃密な時間が溢れ出たようだった。思い詰めた表情でタンジェリンは言った。
タンジ　博士。博士の最高傑作、魂を実体化する薬をください。
マッド　タンジェリン、自分が何を言っているのか分かっているのか⁉
タンジ　私は肉体が欲しいのです。
マッド　タンジェリン。お前は私の希望、私が作り上げた最高の精神なんだ。肉体を持てば、お前は堕落してしまうんだぞ！
タンジ　だって、実体化しないと六本木先生と抱擁もできないんです。六本木先生を悲しませたくないんです。
マッド　タンジェリン……。
タンジ　ありがとう博士。博士の優しい精神に心から感謝します。
マッド　……そして、タンジェリンは肉体を持った。
タンジ　ここはオアシスじゃない！

タンジェリン、テンクチャー、六本木、マッド、ハラハラがいる。

六本木　タンジェリン。
タンジ　このままだと、六本木先生がおっしゃる永久幸福は実現できません。誰も傷つけず、誰も傷つかない『天使の家』は、完成しません！
テンク　そうですね。
タンジ　そうですねって、分かってるの⁉　テンクチャー、あなたの責任ですよ！
テンク　いえ。あなたの責任です。
全員（テンク以外）　えっ？
テンク　これから、『天使の家』が本当のオアシスになる儀式を始めます。

と、手にナイフやクワ、ツルハシなど武器になるものを持ったオアシスの人達、登場。

全員（テンク以外）　えっ⁉
タンジ　何⁉
ハラ　なになになに⁉　みんなどうしたの⁉
タンジ　何を勝手なことしてるの！　テンクチャー、分かってるの！

タンジェリン、近づこうとしてふらつく。

タンジ　えっ。
テンク　今朝の食事に、少し、体を麻痺させる薬を入れさせてもらいました。この儀式がすめば、ここは本当のオアシスに生まれ変わるのです。
六本木　本当のオアシス。
ハラ　テンクチャーさん、どうしたの!?
マッド　やめろ！

六本木、マッド、ハラハラ、体と口がうまく動かない。

六本木・マッド・ハラ　（苦悩の声）
テンク　儀式のためには、イケニエが必要なのです。
タンジ　（体がうまく動かない）テンクチャー！　あんた！
六本木　やめろ！
マッド　タンジェリンに手を出すな！
ハラ　ねえ、みんな仲良く……
テンク　さあ、儀式の始まりです！

磔台《はりつけだい》のようなものが持ち出される。

人々、タンジェリンに近づく。

タンジ　やめて！　やめなさい！　やめろ！　私は誰よりも『天使の家』のことを考えてるのよ！
私は誰よりも！

マッド　やめろ！

六本木　やめるんだ！

ハラ　ねえ、やめて！

人々、タンジェリンを横にずらす。

タンジ　えっ？

テンク　本当のイケニエはあなたです。

テンクチャー、六本木を指さす。
マッド達、驚きの声。
人々、六本木に近づく。

六本木　どうして!?

人々、磔台に六本木を張り付ける。

六本木　どういうことだ⁉　どうしてだ！
テンク　あの時も、こうすれば良かったんです。
六本木　あの時⁉
テンク　『天使の家』が生まれ変わるためには、本当のイケニエが必要なんです。
六本木　本当のイケニエ⁉
テンク　これでやっと『天使の家』は生まれ変われます。
六本木　……これは現実じゃない！　ただの物語だ！　夢だ！　幻想なんだ！
テンク　物語かどうか痛みが教えてくれますよ。
六本木　えっ。
マッド　(苦悩しながら) やめろ……
タンジ　(苦悩しながら) やめなさい……
ハラ　(苦悩しながら) やめて……

人々、六本木に向かってナイフ等を構える。

テンク　『天使の家』を作ってしばらくの間、私達は本当に幸福でした。あなたの言う「誰も傷つけない、誰も傷つかない」場所ができると本気で信じました。けれど、仲間はいなくなっていきました。次々と、傷つけ合いながら、私を残していなくなっていきました。なんとかしようと、私は一生懸命考えました。いつも心の中は、冬の嵐のように混乱していて、涙が止まらない時もありました。私はあまり頭がよくありません。原因を見事に説明する人もいました。でも、私にはすべて嘘に思えました。残された仲間を勇気づけようと微笑み続けた時もありました。けれど、ほとんどの仲間はいなくなったのです。私を残して。

六本木　僕達はお金の問題で失敗したんだ。それだけだ！

テンク　おめでとう。六本木先生。あなたが死ぬことであなたのオアシスは完成するのです。

六本木　私を殺したら、また、イケニエを必要とするじゃないか！　同じことを繰り返すだけじゃないか！

テンク　あなたを排除した思い出が残ります。愛しいあなたを排除した思い出は、大切な思い出となって『天使の家』をずっと守ってくれるのです。

六本木　そんな……

テンク　こんなつらいこと、もうたくさんだ。『天使の家』を去る時、あなたは言いましたね。私だって、もうたくさんです。私達はあなたの思い出を抱きしめ、憎みながら今度こそ幸せになるのです。大嫌いで大切なイケニエの思い出と共に。

人々、ゆっくりと近づく。

マッド・タンジ・ハラ　（苦悩の声）

六本木　やめろー！

と、黒マント、六本木をかばうように登場。

黒マ　待て！　この男を殺したければ、質問に答えよ。正解ならば、殺すがよい。問題！

テンク　殺したいのではありません。必要なくせに排除するのです。

黒マ　そうか。問題！

マッド　（苦しみながら）ここはオアシスじゃないのか⁉　ここはオアシスじゃないのか……

黒マ　そうか。問題！

タンジ　（苦しみながら）やめなさい…今すぐにやめなさい！　先生……

黒マ　そうか。問題！

六本木　（苦しみながら）これは夢だ……ただの物語だ……ただの仮説だ……

黒マ　人の話を聞け！　問題！　オアシスはどこでしょう？

テンク　ここです。

黒マ　ぶー！　ぶー！　ここはオアシスではありません。オアシスに家を建てたら、ユートピアになってしまいます！

人々、じりじりと近づく。

黒マ　こら！　ずっこいぞ！　違ったんだからな！　お前ら！　こら！　分かった。俺がイケニエになろう。どうだ、踊るイケニエだぞ。必要だろう。イラっとして排除したくなるだろう。見事なイケニエだ！　どうだ！　このステップ！

全員、無視して六本木に近づく。
と、直太郎が空から現れる。

直太郎　いやー！　先生！
六本木　直太郎！
直太郎　なになになに！　これは何!?　どういうこと！　あんたたち、なにしてるの！（六本木の前に立ち、急に男声で）てめえら！　先生になにしやがんでい！　ぶっとばすぞお！
テンク　大切な儀式の時間です。さあ、そこをどきなさい！
直太郎　訳の分からないこと言っててんじゃねえよ！　てんやんでい、べらぼうめ！　ガタガタぬかしてると、地獄へ放り込むぞ！

直太郎、タンジェリンの顔を見て、激しく驚く。

直太郎　姉さん⁉

タンジ　えっ？

直太郎、思わず、六本木の前から離れて、タンジェリンに近づく。

その瞬間、

テンク　儀式です！

人々が六本木に殺到する。

その直前、黒マント、かばうように六本木の前に立つ。

が、飛び出したハラハラがさらにその前に立つ。

人々の武器、ハラハラを刺す。

マッド　ハラハラ！

ハラ　……僕、役に立ったかな。僕の存在に価値あったかな。

全員　！

ハラハラ、絶命して倒れる。

六本木・マッド・タンジ　ハラハラ！

黒マ　(直太郎に) さあ、今のうちに！

直太郎　!?

黒マ　早く！　ここだ！

黒マント、直太郎を押しながら礫台に体当たりする。
礫台、くるりと回り、パソコンの載った六本木の机が現れる。
その瞬間、パソコン、火花を散らし、六本木と直太郎が飛び出てくる。
物語の登場人物は同時に消える。

シーン12

そこは六本木の書斎。

六本木　……。
直太郎　……。

と、チャイムの音。
朝霧が入ってくる。

朝霧　こんばんわー。あれ、どうしたんですか？　先生、顔色が悪いですよ。なおちゃんも。
六本木　……。
直太郎　先生、どういうことなんですか⁉　どういう⁉
六本木　分からん。分からんよ！
朝霧　どうしたんですか？……大丈夫ですか？
六本木・直太郎　……。

朝霧　あの、先生、原稿の続き、読ませてもらってもいいですか？

六本木　えっ……ああ。ああ。

朝霧、パソコンに近づく。

六本木　お前こそ、どうして？　どうして、その、入《はい》れたんだ？

直太郎　分かりません。小説を読んでたんです。そしたら、

朝霧　（画面を見て）あら！

六本木・直太郎　えっ。

朝霧　かなりの量、書かれたんですね。先生、乗ってますね。

六本木　……一体、なにがどうなっているのか。（ハッと）直太郎、お前、なんて言った？

直太郎　えっ？

六本木　たしか、姉さんとか。

直太郎　そんなこと言ってませんよ。先生、混乱してたんです。

六本木　しかし、

直太郎　言ってませんてば！

朝霧　どうしたんですか、二人とも。大丈夫ですか？

六本木　え、ああ。……しばらく休む。疲れた。

朝霧　読んでていいですか？
六本木　ああ。……寝るよ。

六本木、去る。

朝霧　なおちゃん、小説、読んでる？
直太郎　えっ……まあ（曖昧に）
朝霧　先生、なんか気合入ってるわよね。まるで、最後の小説みたいに。
直太郎　……。
朝霧　私の送ったメール、読んだ？
直太郎　えっ。あ、まだ。読む時間がなくて。
朝霧　そうか。……まだ、あるみたいよ。
直太郎　えっ？
朝霧　先生の作ったコミューン。もっとも、武者小路実篤の『新しき村』も100年を超えてまだあるんだから、珍しくないかもね。……なんかもめてるの？
直太郎　えっ。
朝霧　私、なおちゃんの愛、応援するからね。
直太郎　ありがとう。あの、私も失礼していいかな。なんか疲れちゃって。

朝霧　どうぞ、どうぞ。じゃあ、残りは家で読むね。メールで送るって先生に伝えておいてくれる?

直太郎　分かった。

直太郎、去る。
それを見つめる朝霧。
暗転。
電話の呼び出し音。
明かりつく。
六本木がガウン姿で電話している。
浦川、登場。

浦川　はい。天使の家です。

六本木　私だ。六本木だ。

浦川　お金ができたの?

六本木　いや、そうじゃなくて。みんな、どうしてるかなと思って……

浦川　お金ができたら、すぐに連絡して。

電話を切る浦川。
浦川、消える。
六本木、パソコンの机に座る。
別空間に直太郎が現れる。
スマホのメールを読んでいる。
朝霧、登場。

朝霧　六本木先生が作ったコミューンについて分かったことを報告するね。コミューン『天使の家』は、一時期は最大100人ぐらいになったみたい。でも、内輪もめが続いて、3年後に先生が抜けちゃうのね。きっかけを作ったのは、一人の女性みたい。
直太郎　女性……。
朝霧　名前は分からないんだけど、どうも、その女性と六本木先生は恋人同士だったみたい。その女性は、良く言えばものすごく『天使の家』を愛していて、悪く言えばものすごく神経質で、『天使の家』の人間関係をボロボロにしたって。で、最後には、メンバー全員から責められて、失踪したの。
直太郎　失踪⁉
朝霧　自分から逃げたとも、メンバーに殺されたとも、
直太郎　えっ⁉

朝霧　いろいろ調べたんだけど、真相は分からないままね。六本木先生は、彼女の失踪に激しくショックを受けて『天使の家』を去ったって言われてる。メンバーを残してね。これが、やっと分かったこと。

朝霧の姿、消える。

直太郎　姉さん。一体、なにがあったの……。

六本木の姿が浮かび上がる。
（やがて、直太郎の姿、消える）
六本木、パソコンを操作し始める。
黒マント、登場。

黒マ　どうするつもりだい？
六本木　！……また物語が始まったのか？
黒マ　いや、ここはあなたの家さ。おじゃましているのは私だ。どうするつもりだい？
六本木　捨てるんだよ。
黒マ　どうして⁉

六本木　書くべきじゃなかったからさ。
黒マ　誰が決めたんだい？
六本木　僕さ。
黒マ　じゃあ、他の人にも聞いてみないと。マッド・サイエンティストにもきょーへいにもハラハラにも、
六本木　僕が創り上げたキャラクターじゃないか。
黒マ　彼らにも判断する権利はあるさ。物語の登場人物なんだから。
六本木　……オアシスはどこにあるんだい？
黒マ　まだ気付かないのかい？
六本木　えっ？
黒マ　君達の国にも、「オアシス」という言葉はあるだろう？
六本木　ああ。砂漠の中にある、水が飲める、
黒マ　そこには誰か住んでいるかい？
六本木　えっ？
黒マ　水を飲みながら、旅人は何かを得たり、何かを捨てたりする交通の場所じゃないのかい。
六本木　交通の場所……
黒マ　さて、問題。オアシスはどこでしょう？
六本木　どうして答えをすぐに言わないんだ。本当は分かってないんだろう。

黒マ　だって、ここがオアシスだって言ったら、君達はすぐにユートピアにして、あっと言う間にディストピアにしてしまうだろう。

六本木　えっ？

黒マ　しっ。

二人の明かりが落ち、スマホを操作している直太郎が浮かび上がる。

直太郎　ねえ。誰か、カイが今、どこにいるか知りませんか？　カイと至急、連絡が取りたいのです。お願いです。カイが見るかもしれない場所に、直太郎が連絡を求めている、メールアドレスは変わってないと書き込んでくれませんか。フェイスブックでもツイッターでもファッツアップでも5チャンネルでも、なんでもいいです。お願いします。（操作を終えて）カイ、カイ、今、どこにいますか？　どうしたらいいのか分かりません。カイ、一言「なお、元気か？」だけでもいいんです。連絡下さい。カイ。

明かり落ち、直太郎の姿、消える。
六本木の姿が浮かび上がる。

六本木　（六本木には、直太郎の言葉は聞こえない）どうしたんだ？……あれ？

黒マントはいない。
と、直太郎が現れる。

直太郎　先生。
六本木　！　びっくりするじゃないか。
直太郎　私、出ていきます。
六本木　えっ⁉
直太郎　さようなら。一緒に行きましょう。
六本木　えっ？
直太郎　だめよ。一緒には行けないわ。私を抱いて。ダメ。そんなことしちゃ、ダメ。私を嫌いになって。いやいやあ！
六本木　どうしたんだ？
直太郎　行きましょう。
六本木　えっ？
直太郎　もう一度、あの世界に行きましょう。
六本木　いや、もう行かない。
直太郎　どうして？　先生は行きたがってます。

六本木　嘘だ。
直太郎　嘘です！　私には分かります。何が、何があったんですか？
六本木　えっ。
直太郎　鈴木文華がいなくなった日に。
六本木　鈴木文華……。
直太郎　先生は姉さんに何をしたんですか？
六本木　直太郎、お前……
直太郎　姉さんに何があったんですか⁉

チャイムの音。
びくっとする二人。
浦川と思われる女性が入ってくる。

六本木　どうしたんだ、こんな時間に。
浦川　……。
直太郎　あなた、お金はあげたでしょう。非常識ですよ。こんな時間に！
六本木　すまないが、今はその、とりこんでいるんだ。
直太郎　帰って下さい！

浦川　今日はあなたをお祭りに招待するために来ました。
六本木　お祭り？
浦川　『天使の家』ができて、丸三年を祝うお祭りです。
六本木　浦川……。
テンク（浦川）　私の名はテンクチャー。
六本木・直太郎　えっ。
テンク　覚えていますか？　お祭りの夜、私はあなたに鈴木文華のことを相談した。酔ったあなたは、本当に嫌そうな顔をして、「お前にまかすよ」と言った。
六本木　えっ。
テンク　みなさん。さあ、お祭りです！

その瞬間、パソコンが火を吹き、『天使の家』のお祭りの風景になる。

人々　（歓声！）

満面の笑みのオアシスの人々。
喜びのダンス。
驚く六本木と直太郎。

と、仮面をつけた人達（マッド・きょーへい・ラブ・ミー・ドゥー・ハラハラ役の俳優）が
タンジェリン・ドリームが乗った神輿のようなものを担いで登場。

オアシスの人々、タンジェリン・ドリームに熱狂する。

笑顔で答えるタンジェリン・ドリーム。

興奮が一段楽して、

テンク　さあ、六本木実先生。スピーチです！
六本木　え、いや……
テンク　六本木先生！
六本木　……。
タンジ　六本木先生はこうおっしゃりたいのです。「私のような我儘《わがまま》な、自分勝手に生きてきたものを、君達は少しも憎まずに、いつも愛しまた尊敬してくれました。私はこの世に生きることが、いかに苦しく、いかに寂しく、そして人間は最後に苦しみぬいて死んでゆくものなのをじつによく知っている。この憐れな人間が、お互いに嫌いあい、憎みあったら、その結果はどんなに恐ろしいか、さびしいか。私は生きています。君達も生きています。そして、二つは今一つになっています。『天使の家』、三周年、心から喜び合いましょう！」

熱狂する人々。

その熱狂を呆然と見る六本木。そして、タンジェリンを見つめる直太郎。

テンク　それでは、お祭りのアトラクションです！　さまざまな国を渡り歩く旅芸人の方です！

黒マント、スナフキンのテーマをギターで弾きながら（またはＢＧＭで）登場。

黒マ　（爆笑ネタ、一発）

黒マント、人々によって排除される。

黒マ　いや、かなり爆笑だと思うんだけど……

テンク　どうもありがとうございました。それでは、いよいよ、お祭りのメインイベント、イケニエの儀式です。

タンジ・六本木　えっ？

テンク　みなさん！　六本木先生からお許しがでました！

人々　（歓声）

喜んでいた人々の顔、さっと冷たい表情に代わり、タンジェリンを見つめる。

この瞬間からタンジェリンは鈴木文華に変わる。
テンクチャーは、一時的に浦川の思いが強くなる。

鈴木　えっ⁉　どういうこと⁉　浦川さん！　これはなに⁉
浦川　鈴木さん。みんなで相談しました。『天使の家』を腐らせているのはあなたです。
鈴木　何言ってるの⁉
浦川　あなたは、『天使の家』のメンバーとして優秀かもしれませんが、人間としては最低です。
鈴木　いいかげんにしなさい！
浦川　ですから、『天使の家』のためにイケニエになってもらいます。
鈴木　イケニエ⁉
浦川　あなたさえ消えれば、『天使の家』はきっとうまくいくんです。さあ、儀式の始まりです！

人々、ナイフを取り出す。

鈴木　六本木先生！　どこですか！　六本木先生！　助けて下さい！

六本木、耳を押さえてうずくまる。

直太郎、鈴木の前に飛び出る。

直太郎　姉さん！

鈴木　（驚き）直太郎！

直太郎　（鈴木をかばって）姉さんに手を出すんじゃねえ！　姉さんを殺したからって、どうなるのよ！　それがオアシスなの！　それがオアシスなのかよ！『天使の家』って、お互いが助け合う場所なんじゃないの！　殺し合ってどうすんのよ！　どうすんだよ！　先生！　あんたがこの場所を作ったんでしょ！　先生！

六本木　……。

浦川、テンクチャーの思いが強くなる。

テンク　そう。ここはもうオアシスじゃないわ。

直太郎・鈴木　えっ？

テンク　私達は取り返しのつかないことをしたの。

辺りの風景が変わる。

オアシスの人達、悲鳴を上げながらその場に崩れ落ちる。

テンク　噂が、ゆっくりと『天使の家』を腐らせ始めた。私達は噂に教えられて一人を見つけた。一人を責めている間は『天使の家』は落ちついているように感じた。だが、その一人がいなくなったり反省したら、また私達は一人を見つけた。そして、その一人がいなくなったり反省したら、また私達は一人を見つけた。終わりのない戦いに疲れて私達は噂の大元を見つけたつもりになった。でも、鈴木文華を排除しても、また噂は生まれた。問題は消えなかった。

テンクチャーの言葉の間に、オアシスの人々、ゆっくりと去る。

直太郎　殺したのか!?　姉さんを殺したのか!?
テンク　あの夜、私達は分裂した。殺そうという人達と殺せないという人達と。その隙間をついて、鈴木文華は逃げた。
六本木・直太郎　えっ……。
鈴木　そうです。私は逃げたのです。山奥をボロボロになるまで走り続けたのです。
六本木　そして、君は山の中で魂になったのか……。
鈴木　先生。私のこと、思い出してくれましたか？
六本木　ああ。思い出した。はっきりと思い出したよ。

鈴木　よかった。本当によかった。これで私は、本当の思い出になれる。本当の……

鈴木、崩れ落ちそうになる。

直太郎　姉さん！
鈴木　……直太郎。私が大好きだった先生を頼みます。
直太郎　えっ。
鈴木　お前に会えて本当に嬉しかった。

鈴木、崩れ落ちる。

直太郎　姉さん！

直太郎、崩れ落ちた鈴木に駆け寄る。

六本木　あの時、文華ではなく私がイケニエになっていれば良かったんだ。
テンク　えっ。
六本木　私はただじっと耳を塞いでいた。そして、気がつくと文華の記憶を消していた。私は許されない弱虫だ。

テンク　先生。

六本木　儀式を続けよう。

テンク・直太郎　えっ。

六本木　これでやっと『天使の家』は生まれ変わることができる。

六本木、手を差し出す。

テンク　六本木先生。

六本木　さあ。

テンクチャー、浦川の思いが強くなる。
浦川、ナイフを渡す。

直太郎　先生。

浦川　あなたの死体は、『天使の家』のグラウンドに埋め、その上に石碑を建てます。その石碑を見るたびに私達は（突然、溢れるように）あなたが好きでした。そして、憎んでいます。

六本木、ナイフを握りしめる。

直太郎　先生！

六本木　直太郎、動くな。私は私の夢をかなえるんだ。

六本木、ナイフを自分に向ける。

黒マ　ちょぃとお待ち。

黒マントが現われる。

六本木　止めないでくれ。これは私が私に与える罰であり、救済なんだ。

黒マ　オアシスに行かないか。

六本木　オアシスは私が作る。

黒マ　できやしないよ。言っただろう。死ぬことに何の価値もないんだから。

六本木　君は誰なんだ？

黒マ　分かるだろう。必要なくせに排除されてるイケニエそのものさ。

六本木　イケニエそのもの？

黒マ　人間が生きている限り、おいらの旅は終わらないのさ。さあ、あんたも、旅するイケニエに加わらないかい？
六本木　ありがとう。

次の瞬間、六本木、ナイフを自分の胸に突き刺す。

直太郎　先生！
黒マ　ばかな！
六本木　……これでいいんだよ。これで。
黒マ　（六本木を抱き抱えて）ダメだって！　死ぬことに何の価値もないんだから！　死んだって何の意味もないんだから！　死んじゃダメなんだ！
直太郎　先生！

暗転。

シーン13

明かりつく。

直太郎が机の上に自分のノートパソコンを置いてキーボードを叩いている。

直太郎　カイ、元気ですか？　今、どこですか？　この文章は、きっとカイに届いていると思って、また書いています。先生の意識はまだ戻りません。体の方は心配なくなりましたが、意識の方は、私がいくら呼びかけても反応しません。お医者様も原因はよく分からないと言っています。友達の女性編集者はフリーになりました。正社員を目指さず、自分がやりたい記事を企画したり、書いていくと言っています。ウィスキーの小瓶をぐっとあおりながら「なんとかなるわよ」と笑っています。以前話した、先生の古い知り合いの女性がお見舞いに来ました。ベッドの先生を黙って一日中見つめていました。私は相変わらず、お店で働いています。私は元気です。だから、カイ、話がしたいです。どうか、連絡を。「なお、元気か」だけでもいいから（涙が溢れそうになる）カイ……

黒マントが立っている。

黒マ　メソメソするんじゃないわよ、この子は。しっかりしなさい！

直太郎、その声にハッとする。
だが、直太郎に黒マントは見えない。

直太郎　……カイ!?　カイなの？　まさか、カイなの？
黒マ　カイじゃない。だけど、カイのことは知っている。
直太郎　あなたは誰？　どこにいるの？
黒マ　君には、まだ私の姿は見えない。
直太郎　えっ？
黒マ　本当に私が必要な時に、私の姿が見えるさ。
直太郎　あなたは誰？　超能力者？　それとも魔法使い？
黒マ　どうして？
直太郎　先生の病気、直して下さい。
黒マ　残念だけど、私にはそんな力はない。
直太郎　そんな……。
黒マ　こう考えればいい。目に見えない先生が、目に見えない世界を旅していると。目に見える

直太郎　先生は、その間、休んでいるんだよ。
黒マ　目に見えない世界？
直太郎　目に見えない世界を知るためには、目に見えない自分が必要だからね。
黒マ　私もそこに連れてって下さい。
直太郎　言っただろう。私にはそんな力はないんだ。私は噂ぐらい無力さ。
黒マ　どうしたら、どうしたら先生は目を覚ますの⁉　教えて下さい！
直太郎　きっと帰ってくるさ、目に見える世界に。君がいるんだから。

黒マント、消える。

直太郎　教えて下さい！　どうしたら！　どうしたら！

直太郎、辺りを見回す。
が、やがてあきらめて、またパソコンの画面を見る。
直太郎に当たっていた光、落ちていく。ベッドに寝ている六本木の姿が浮かび上がる。
その横に黒マント。
黒マント、寝ている六本木を見つめ、そして、

黒マ　その山のなだらかな坂を幾日もかけて降りていくと、行き止まりの湿原にたどり着く。そこは、遭難の名所で、なだらかな坂にだまされた人々が集まってくる所。再び、坂を戻るのは体力に自信のある山人《やまびと》でも難しい。湿原には、まるで砂漠の中のオアシスのような小さな泉がある。迷い込んだ旅人は、そこで喉をうるおし、なだらかな坂を見上げる。10年ほど前、私はそこで一人の女の子と再会した。彼女は力尽きようとしていた。泉には、以前、遭難した旅人の荷物や衣類があちこちに落ちていた。そして、彼女は最後の手紙を残した。受け取り手のいない手紙には、彼女の混乱した思いがつづられていた。悲鳴と怒りと後悔と狂気と。錯乱した文章は、所々、涙でにじんでいた。最後の手紙は、それ以後、泉にたどり着いた旅人に読み継がれた。何人かは、最後の手紙を読んだ後、再び坂を目指した。何人かは、そこで力尽きた。最後の手紙は、そんなふうにして、いまもその泉のほとりにある。狂うことは少しも恥じゃない。狂わなければ見えないことがある。したたかに狂ってしまおう。やがて、次の旅が始まる。

六本木　(目を開けない)

黒マ　やがて、次の旅が始まる。

黒マント去る。

朝霧、登場。携帯を握りしめている。

朝霧　なおちゃん！　仕事がひとつ、決まったよ！　ギャラは安いけど、書きたかった原稿。雑誌の企画もひとつ、通りそうなの！　なおちゃんにまず知らせたいの！　祝杯よ！　祝杯！　実力つけたら、先生の小説の企画も売り込むからね！　ねえ、早く出てよ！　なおちゃん！

画面を見ていた直太郎に光が当たる。

直太郎　えっ……。

直太郎、画面を見て、そのまま、キーボードを打ち始める。

直太郎　ありがとう。どうか、カイに伝えて下さい。私は元気だと。負けないで生きていると。本当にありがとう。

電話の呼び出し音やライン通話の音、話し声と共にさまざまな人達が登場。
全員がスマホかパソコンかタブレット型のデバイスを持って、誰かと話したり、つながったりしている。
楽しい話をしている者、深刻な表情の者、熱心な者など。

さまざまな音が大きくなり、音の洪水となる。
やがて、ストップモーション。音が切れる。

直太郎　……見えない世界の話、帰ってきたら一杯話してね。……先生、聞こえる？　私の声が聞こえる？

音楽。
直太郎、去る。
街の人々も会話しながら去る。
黒マントが現われる。
静かに微笑み、マントを翻《ひるがえ》す。
その瞬間、劇場の壁がすべて鏡となる。
黒マント、鏡の洞窟を駆け抜けていく。

完

ハルシオン・デイズ２０２０　パンデミック・バージョン

ごあいさつ

小学生の頃から「どうして、夜は眠くないのに寝なくちゃいけなくて、朝は起きたくないのに起きなきゃいけないんだろう」と思っていました。夜は、ずっと起きていたかったし、朝はずっと寝ていたいと感じていました。

二十代で劇団を旗揚げし、毎日、へとへとになっていた時期は、まったく眠くないと思うのに、ベッドに横になった瞬間に、風景がぐるぐる回り始め、あっという間に眠りに落ちました。

やがて、いつの間にか、「寝酒」を覚えました。直接の動機は、夜中、ずっと台本を書いていて、そろそろ寝ようと思っても、頭が興奮したままで、すぐには寝られなかったことです。

いつも沖縄に行きたいと思っているので、毎晩「泡盛」を大きめのコップで一杯だけ飲みました。「泡盛」を飲んで酔っぱらい、そのまま、ふわふわと寝れば、魂だけは沖縄に行けたように感じたのです。

やがて、「泡盛」は身体にきついと感じるようになり、今は毎晩、赤ワインをグラスに二杯飲んで寝ています。別に、フランスやカリフォルニアに行きたいわけではありません。

僕はお酒に弱いので、グラス二杯で確実に酔っぱらい、あっと言う間に寝られます。

どんな本やサイトでも「寝酒は身体に良くない」「睡眠の質を悪くする」なんて言われているのですが、こればっかりはしょうがありません。

お酒に強い人は「飲めば飲むほど頭がさえてくる」なんて言いますから、お酒に弱い人の寝酒はたいした量を飲まないので、そんなに問題じゃないはずだと勝手に決めています。科学ではなく気持ちです。

「睡眠導入剤」を飲むようになったのは、ある哀しい出来事の後でした。

最初は、薬局で市販の睡眠改善薬を飲みました。焼酎を一杯飲んでも、どうにも眠れず、それ以上飲むと、お酒に弱くて気分が悪くなるので買ったのです。

けれど効かなくて、お医者さんに処方箋《しょほうせん》を書いてもらって、睡眠導入剤を手に入れました。

初めて飲んだ日のことは、はっきりと覚えています。あっと言う間に寝て、あっと言う間に目が醒めました。あまりに衝撃的で、自分が本当に7時間も寝たのかどうか分かりませんでした。

それだけの時間寝ていたら、頭はすっきりとしているはずですが、かすかに鈍い疲れが残っていました。それでも、まったく眠れず、一晩中、ベッドでうんうんと唸っている状態に比べれば、天国のようでした。

ロンドンで『ハルシオン・デイズ』をイギリス人俳優に向かって演出している時も、いろいろと問題があって眠れず、睡眠導入剤を飲みました。

ある晩、なんとなく飲まない方がいいんじゃないかと思って、泡盛だけを飲んでベッドに入りました。

眠れませんでしたが、いろいろとアイデアが浮かびました。

一晩中、ベッドで悶々《もんもん》としているのですから、芝居に関するさまざまな思いがわき出て、その中のいくつかは実際に使えるアイデアでした。

次の日、眠れないことに懲《こ》りて、睡眠導入剤を飲みました。

あっと言う間に眠れましたから、アイデアは出ませんでした。

アイデアを取るか、睡眠を取るか。じつに悩しい問題でした。

ある時、とても哀しいことがあって、今日は絶対に眠れないと、睡眠導入剤を飲みました。けれど2時間ほどで目が醒めました。

驚いて、かかりつけのお医者さんに話すと、「人間の意識の方が、クスリより強いんです」と言われました。本当につらい時は、クスリでも簡単には寝れないということを知りました。

身近には、何人か睡眠導入剤をずっと飲み続けている人がいます。

お医者さんに言わせると「寝酒よりも、適切な量の睡眠導入剤の方が、はるかに安全で健全」なんだそうです。

ただ、睡眠導入剤は一カ月分しか処方してくれなくて、毎月、病院に行く必要があるので、僕は二の足を踏んでいるのです。


あなたの「眠れない夜に押し潰されない方法」は何ですか?

月を見上げたり、スマホを手に取ったり、真夜中に散歩したり、食べたり。

眠る時に「愛する人の手を握る」という方法もありますか。でも、最大の喜びをくれる人は時として最大の悲しみもくれるのです。

安眠の特効薬が、睡眠を殺す毒薬に変わることもあるのです。

無事に公演を続けて、千秋楽を迎えられるか、スリリングな日々が続いています。この「ごあいさつ」を書いている時点で、二週間に一回受けている、四回目のＰＣＲ検査で、キャスト、スタッフ全員が陰性と発表されました。ケイコ場には深い安堵のタメ息が広がりました。

大阪の最終日に向けて、あと二回、全員で検査を受けます。

最後まで公演が無事に終わったら、泣くかもしれません。もし泣いたら、演劇を仕事にして初めてのことです。

今日はどうもありがとう。劇場に来ていただいたことに、心から感謝します。演劇人は、演劇を創り続けるしかないと思っています。

ごゆっくりお楽しみ下さい。んじゃ。

鴻上尚史

登場人物

原田《はらだ》雅之《まさゆき》（32歳）
谷川《たにかわ》和美《かずみ》（28歳）
橋本《はしもと》哲造《てつぞう》（47歳）
平山《ひらやま》明生《あきお》（18歳）

プロローグ

舞台に大きな満月が映し出される。

三人のシルエットが見える。

やがて、谷川和美に光が当たる。

和美　眠れない夜に押し潰されない方法は三つ。じっと月を見上げる。睡眠導入剤ハルシオンを飲む。スマホを手に取る。あの時以来、いつのまにか始まった日課。グーグルに「自殺」と書き、同時に「絶望」と加えて検索してみた。８２７万件のサイトがヒットした。今度は「自殺　希望」と入れてみた。４３５０万件だった。「自殺」は「絶望」より、「希望」という単語と結びつくらしい。月が雲に隠れた夜、ツイッターで「＃《ハッシュタグ》　自殺」と検索して、私は彼らと出会った。

和美の光が落ちて、手に畳んだ新聞を持った原田雅之が浮かび上がる。

満月は昼間の白い月に変わる。

雅之

穏やかな日曜の午後、マスク姿の人達を眺めながら、自殺について考えている。時々、「じゃあ、そろそろ死のうか」とささやく声が頭の中に響く。声を聞きながら、死にたいと思っているのは本当に自分なのか分からなくなってくる。この公園には、少なくともあと二人、自殺を考えている人間がいる。呼びかけたのは僕のツイッターだ。今から大切なことが起こる。僕は、ＤＭをくれた人達と公園で会うことにした。僕を入れて、三人のメンバーだ。

雅之に当たっていた光が消え、あごマスクで、手に畳んだ新聞を持った橋本哲造の姿が浮かび上がる。

月は三日月に。ただし、地球照《しょう》が見えている。

哲造

屋上の手すりを越え、下をじっと見ていると、安らぎの涙がわき上がってきます。あと三歩足を出せば、人生のすべての問題から解放されるのかと思うと、あまりのあっけなさに理不尽な笑いもこみ上げてきます。けれど、世の中には、14階の高さから飛んで死ねなかった人がいると知ると、どうしていいのか分からなくなります。失敗して、後遺症に苦しめられ、周りに迷惑をかけるなら、それは自殺より最悪の結果です。私はなんとか楽しく、一瞬で完璧に死にたいと思っているのです。……マサさんですか？

明かり、広がる。
マスク姿の雅之が、畳んだ新聞を手に立っている。

シーン1

公園

雅之　……「ユンセリがライバル」さん？

哲造　こんにちは。わあ、マサさん、イメージ通りかも。

雅之　どんなイメージですか？

哲造　ちょっとマスクずらして顔見せてもらってもいいですか？

雅之　ええ……。**（マスクをあごにずらす）**

哲造　うん。知的で誠実で真面目で。

雅之　そんな……

哲造　私はどう？　私はイメージ通り？

雅之　「ユンセリがライバル」さんは、「ユンセリがライバル」さんですから……ユンセリって、誰ですか？

哲造　知らないの!?　大ヒットした韓国ドラマ、『愛の不時着』のヒロインのユンセリよ。ユンセリが私のライバルなの。ね、私のイメージはどうなの？

雅之　「ユンセリがライバル」さんは……だから、「ユンセリがライバル」さんですから……なんというか……言葉にできません。
哲造　言葉にできない？　どういう意味？　どうしてできないの？　言葉を知らないの？　ひょっとしてバカ？

と、手に畳んだ新聞を持ち、バッグを肩にかけ、マスクをした谷川和美が登場。
その後ろに学生服姿の平山明生。
明生はマスクをしていないし、新聞も持っていない。

和美　……あの、マサさんですか？
雅之　晴子さんですか？
和美　はい。
哲造　「ユンセリがライバル」です。
和美　（マスクをずらして）晴子です。

三人、お互いの顔をしみじみ見る。
その空気を破るように、

明生　それじゃあ、死にますか？

明生の発言に、雅之と哲造はまったく反応しない。
和美は、明生の発言を意識して無視している様子。

雅之　……よかった。冷やかしじゃなくて。（と、マスクを戻す）
哲造　絶対に冷やかしじゃないと思ってた。
和美　（マスクを戻す）はい。お二人にお会いできて、嬉しいです。
哲造　なんだか、晴子さん、イメージ違ったなあ。もっとこう……
和美　こう？
哲造　もっと弱々しいっていうか、繊細なイメージだったんだけど……
和美　繊細……
明生　死にたいのにマスクしてるって、変じゃない？
雅之・哲造　（反応しない）
和美　「ユンセリがライバル」さんは、わりとイメージ通りでした。
哲造　そう？　どんなイメージ？
和美　私も『愛の不時着』、大好きなんですけど、「ユンセリがライバル」って、すごいハンドルネームつけるなあって思ったんです。大胆というか、勇気があるというか、厚かましいと

いうか、
哲造　いいこと、ユンセリ。ヒョンビンは渡さないわよ！
明生　（哲造に）よし、お前から死のう！
和美　（思わず）やめて！
雅之・哲造　えっ？
和美　（焦って）いえ、なんでもないです。
哲造　なにをやめるの？　ユンセリがライバルだって言ったらダメなの⁉
和美　違うんです。私、ユンセリにかなうはずがないって、気持ちで負けてたって思ったら、情けなくなって、
雅之　情けないと、突然、叫ぶんですか？
和美　すみません。私、コミ障で緊張していて、
哲造　私もよ。こうやって直接会うとなんだか話しづらいわよね。でも、話さないとね。
明生　死んだら楽になるぞ！
和美　黙って！
哲造　話したらダメなの⁉
和美　違うんです。黙らないで下さい！……独り言なんです。
雅之・哲造　独り言？
和美　はい。頭の中で、ものすごくリアルに声が聞こえるんです。だから、思わず、それに反応

哲造　してしまうんです。（古典的マンザイの突っ込みのように）なんでやねん！……あ、今、頭の中で「パンティーの色は？」って聞かれたんで突っ込みました。

和美　自分で自分のパンティーの色、聞くの？

明生　人間の無意識ってフロイトでユングですから。

和美　何言ってるの？

雅之　だから、何か突然言い出しても、気にしないで下さい。

三人　僕と同じですね。

雅之　えっ？

　　　僕も時々、頭の中で声が聞こえるんです。（二人の視線を感じて）あ、でも、本当にたまにで、いつもじゃないんです。

明生　ここにも病人がいるぞ。これは早く死なないとなあ。

哲造　相談しましょうか？

雅之・和美　えっ？

哲造　これから、どうするか？

雅之　はい。相談しましょう。

和美　はい。そうしましょう。

哲造　それでは……ちょっと待って。だんだん、緊張してきた。トイレ、行ってくる。

哲造、去る。
残される雅之と和美。
なんとなく、バツが悪く感じて、

雅之　あの、飲物、なんか買ってきます。何がいいですか?
和美　えっ……いえ、大丈夫です。
雅之　遠慮しないで下さい。お水、買ってきますけど。
和美　あ、じゃあ、すみません。

雅之、去る。
和美、初めて明生の方を見て、マスクを取り、

和美　どういうつもり?
明生　嘘ついて、やましいって思ってるでしょう?
和美　思ってないわよ。
明生　ムダなことはやめた方がいいね。
和美　何がムダなのよ。
明生　死にたい人は死なせてあげた方がいいんだ。自殺を止めようなんて傲慢《ごうまん》だよ。

和美　死にたいと思うのは、必ず理由があるの。平山さんにもあったでしょう？
明生　理由なんて、周りがいくらでもでっち上げるよ。真実なんて誰にも分からないんだ。谷川先生も早く死ねばいいよ。そしたら、自分がしていることがいかにムダかよく分かるから。
和美　今日はよくしゃべるわね。
明生　僕じゃないよ。谷川先生の興奮が僕にしゃべらせてるんだ。分かってるでしょう？

哲造、戻ってくる。

哲造　お待たせ。……あれ、マサさんは？
和美　飲物、買いに行ってくれました。（マスクをつける）
哲造　気がきくわねえ。ね、マスク、やめない？（と、あごマスクを外す）
和美　えっ？
哲造　顔、見ていたいから。
和美　でも……
哲造　どうせ死ぬんだし、
明生　賛成。いいこと言うじゃないの。
和美　ええ……。（マスクを外す）
哲造　ね、マサさんて、ちょっといいカンジよね。

和美　えっ？

哲造　ツイッターの文章も知的でよかったでしょう。マサさんみたいな人と一緒に死ねるって、幸せかも、

明生　（からかう口調で）あなたは、ひょっとしたら、（ゲイですか？）

和美　余計なこと言わないの！

哲造　え？　余計なこと!?　私、余計なこと言った!?

和美　いえ、あの、違うんです。

哲造　また、頭の中で声が聞こえたの？

和美　はい。

哲造　可哀相に。でも大丈夫。もうすぐ楽になるから。晴子ちゃんはどう？　マサさんはタイプ？

和美　えっ。私は……

明生　お、ライバルだと思われてるか？

哲造　え？　私の方がタイプ？　困ったわね～。

明生　何を言い出すんだ？

哲造　私はダメよお～！

と、雅之がミネラルウォーターのペットボトルを三つ持って帰ってくる。

雅之　お待たせしました。二人とも、お水にしたけどいいですか？
和美　ありがとうございます。
哲造　助かるわあ。まさか、喫茶店で相談するわけにもいかないからねえ。
雅之　座りますか？（座ろうとする）
明生　僕の分、ないの？　やだなあ。
哲造　マサさん。マスク、外しませんか？
雅之　えっ？（動きを止めて）
哲造　二人の顔、見ていたいから。
雅之　……分かりました。（マスクを外す）

三人、ベンチ（のようなもの）に並んで座る。
三人、ペットボトルを開けて、水を飲む。
明生は、その周りをうろうろする。
音楽。
ダンスのようなもの。
タイトルが出る。
『ハルシオン・デイズ２０２０』

音楽、終わる。

哲造　……一度、失敗してるんです。
三人　！
哲造　衝動的に中途半端なことしちゃって。ホームから飛び下りたんですけど、電車が来なくて。一人だとよく考えないでやっちゃうでしょう。今度は、絶対に失敗したくないんです。でも、14階から飛び下りても失敗した人がいるって本に書いてました。10階以上でも、失敗することはざらだって。そんなこと考えると心配で心配で。だからね、
明生　自殺はやめようなんて言うなよ。
哲造　楽しく死にたいの。
三人　は？
哲造　「ああ、楽しい！」っていう頂点で、一瞬で死にたいの。
和美　……どうやって？
哲造　それを相談したいんじゃないの。
雅之　楽しく死ぬ……
哲造　喜びの頂点で、絶対に失敗しない方法であっと言う間に死にたいの。
明生　注文、多いなあ。
和美　あの、どうして死にたいか、話していいですか？

哲造・雅之　えっ？
和美　よかったら、お二人も話してくれませんか？　私、知りたいんです。
明生　あら、もう始めちゃうの？　早くない？
哲造　……どうしてそんなこと言わないといけないの？
和美　ごめんなさい。でも、私、話したいんです。自分の死にたい理由とお二人の死にたい理由を。
哲造　私達は「どうやって」死ぬかを話すために集まったんでしょう。「どうして」じゃないでしょう。
和美　分かってます。でも、少しだけでも、
哲造　嫌よ。なんで話さないといけないの。そんなこと知ってどうするのよ？
和美　私が死にたい理由は、
哲造　聞きたくもないわ！
雅之　（突然、立ち上がり）大丈夫か!!　俺はここにいるぞ！

雅之、辺りを見回す。

明生　どうしたんだ!?
哲造　ちょっと、マサさん。どうしたの？

雅之　すぐに行くから！　どこなの⁉

雅之、去ろうとする。

和美　マサさん！
哲造　マサさん！
雅之　すみません。友達が大変なんです。聞こえませんか！　あの悲鳴！
哲造　いいえ……。
和美　幻聴じゃないですか？
雅之　幻聴？（一瞬、考えて）……何、言ってるんですか⁉（ハッとして）すぐ行く！　待ってて！（二人に）失礼します！

雅之、走り去る。

哲造　マサさん！

哲造、追いかける。

明生　（面白がって）マサさん！
和美　待って下さい！
明生　谷川先生、診断は？　これは、ちょっとやっかいなクライエントですね。

哲造が戻ってくる。

哲造　だめ。すごい勢いで走っていった。
和美　そうですか。
哲造　頭の中で声がしたのかな。
和美　……おそらく、そうですね。
哲造　マサさん、全然、普通の人に見えたのに。
和美　ええ……。
哲造　どうしようか？
明生　じゃあ、二人で死にますか。
和美　話してもいいですか？　私の死にたい理由。
哲造　晴子さん。私も帰るわ。それじゃ。

哲造、去る。

和美　「ユンセリがライバル」さん！
明生　名前、長い！

残される和美と明生。
和美に明かりが集まる。

和美　こうして私達三人は出会いました。その夜、すぐにＤＭを二人に送りましたが、返事は来ませんでした。私は、二人がまだ生きていますようにと、毎晩、眠れぬ夜に祈りました。一週間たって、土曜日の朝、マサさんから返事が来ました。それには、こう書かれていました。「どうもありがとう。一人でいきます」

哲造が別空間に現れる。

哲造　ちょちょちょちょっ、
和美　ＤＭでかまないで下さい。
哲造　ちょちょちょちょっと、見た⁉　マサさんのメール、見た？
和美　「ユンセリがライバル」さんも受け取ったんですか。

哲造　なんですぐに知らせないのよ！　ＤＭ来たの今朝でしょう！　もうお昼過ぎてるじゃないの！
和美　私も、たった今、読んだんです。
哲造　私、マサさんのマンション、行くわ。
明生　え⁉
和美　どうして住所、知ってるんですか⁉
哲造　ヒョンビンの写真集、貸して上げるから、住所、教えてって何回もＤＭしたの。今日、送ろうと思ってたのよ。
明生　なぜ、写真集⁉
和美　教えて下さい。私も行きます。
哲造　大丈夫。私に任せて！
和美　だめです！
明生　任した！

三人去る。
暗転。

シーン2

雅之のマンション。
チャイムが鳴る。二度、三度。

雅之（声）　はーい。

明かりつく。
スポーティでカラフルなショートパンツにタンクトップ、頭にバンダナという「陽気なスポーツ野郎」という格好をした雅之、軽快な足どりで出てくる。

雅之　はい、はい、はい、はい。

舞台を横切り、玄関のドアを開けるために去る。
すぐに、雅之が後ろ向きのまま現れ、続いて、バッグを持った和美が息せき切って飛び込んでくる。

その後ろにスーッと明生。

雅之　晴子さん！　どうしたんですか？　どうして、ここ、知ってるんですか？
和美　（雅之の格好を見て）……どうして、そんなさわやか過ぎる格好してるんですか？
雅之　いえ、暇だから、ＹｏｕＴｕｂｅで『帰ってきたビリーズ・ブート・キャンプ』見ながら、運動しようかなって思って。
和美　どうして⁉
雅之　え、だから、あんまり暇だから。
和美　だから、どうして⁉
雅之　だから、会社もやめて、とりあえずやることないし、運動不足だし、
和美　ＤＭ！
雅之　ＤＭ？
明生　分かった！　怖くなってビビッたな。
和美　今から死ぬっていうＤＭ、今朝、送ったでしょう！
雅之　嘘う。
和美　嘘ってなんですか！　嘘って！

雅之、ハッとして、奥の部屋に去る。

明生　ざーとらしい芝居。

雅之、スマホの画面をじっと見つめながら出てくる。

雅之　……。
和美　送ったでしょ。
雅之　……送ってる。
明生　分かってる。
雅之　……そうか。ありがとう。それで来てくれたんですね。
和美　なに、他人事《ひとごと》みたいな言い方してるんですか⁉
雅之　……他人事なんです。
和美　！　どういうこと？

と、チャイムの音が何度も鳴る。

雅之　すみません。

雅之、玄関の方に去る。

和美　どういうこと⁉

明生　演技なんじゃないの？　常習のリストカッターとか（狂言自殺のパターンでしょ）

哲造の声が聞こえる。

哲造（声）　マサさん、生きてるのね！

雅之が哲造の勢いに押されて戻ってくる。

哲造　ああ、もうどういうこと！　なに、その格好⁉　天国じゃなくて、マラソンに行くつもりなの？　どうして一人で行こうなんて思うの！　やっと私達は出会ったのよ！　いいこと⁉　行く時は一緒よ！　さあ、言って。行く時は？

雅之　違うんです。

哲造　違うでしょ。行く時は、

和美　「ユンセリがフイバル」さん。

哲造　あら、晴子さん。先に来てたの。早いわね。（雅之に）さ、行く時は、

雅之　違うんです。
哲造　一緒でしょ！　何が違うの⁉
雅之　記憶にないんです。
三人　えっ？
雅之　ダイレクトメール、書いた記憶がないんです。
哲造　そんなに酔っぱらってたの？　マサさん、酒好き？　記憶なくすまで飲むの？
雅之　飲んでないです。
哲造　じゃあ、クスリ？　ドラッグ？　ヤバイやつ？
雅之　クスリも飲んでないです。
哲造　ぐるぐる回ってたの？　バット、おでこにつけて、ぐるぐるした後、DM書いたの？　どうしてそんなことしたの？
雅之　あ、いえ、
明生　そんなことしないだろ！
和美　「ユンセリがライバル」さん、口にチャック！……どういうことですか？
雅之　だから、DMを書いたことも送ったこともまったく記憶にないんです。
哲造　そんなのありえないでしょ！　気が狂ったんじゃないんだから！

全員、ビクッとする。

哲造　えっ……

雅之・和美　……。

明生　言うねえ……。

哲造　あたし、ものすごいこと、言った？

和美　（雅之に）今までは？

雅之　えっ？

和美　今まではそういうことはなかったですか？　今朝のＤＭが初めて？

雅之　いえ、二回目なんです。

哲造　二回目？

和美　一回目は？

雅之　……ツイッターで最初にツイートした時です。＃自殺で。

三人　（驚きの声）

明生　マジか！

哲造　まさか、「誰かと一緒なら生きる勇気がわくように、誰かと一緒なら死ぬ勇気がわいてくる」っていうあの文章!?

雅之　……そう。

哲造　ちょっと待って！　どういうこと!?　マサさんは、自分が知らないまま、ツイッターに書

明生　いて、私達を集めたの？　マサさんの意志じゃなかったってこと⁉

雅之　冗談だろ！

和美　違います！……記憶がないのは、最初の書き込みだけです。それ以降、お二人からのＤＭをもらったことも、やりとりも全部、記憶があります。

雅之　でも、始まりを覚えてないんですよね。

和美　書いた記憶はないけど、自分が書いたのは間違いないんです。

雅之　だけど、それじゃあ、

三人　ホッとしたんです。

雅之　えっ？

哲造　これがやっぱり自分の本心なんだ。ずっと我慢してきたけど、なるべく考えないようにしてきたけど、自分は本当は自殺したいんだって認めたら、体の力がスーッと抜けて楽になったんです。もう頑張らなくていいんだって。だから、その後の返事はすべて責任持って書きました。……（陽気に）そういう事ってないですか？　ツイッターでもラインでも、自分が書いた記憶がない文章がいつのまにかアップされてるってこと、あるでしょう？　ないわ。

和美　……自分は本当は自殺したいんだって考えたら、ホッとしたんですか？

雅之　ひょっとしたら、声が教えてくれたのかもしれません。

哲造　声？

和美　時々、聞こえる声ですか？

雅之　晴子さんもないですか？　頭の中の声が、自分の本心を教えてくれるってこと？

明生　もう、毎日、教えてます。

和美　……私が聞こえるのは、私を責め続ける声ですから。

明生　へえ……。

哲造　でも、よかった。

三人　えっ？

哲造　今朝、一人で行かなくて。

雅之　ひょっとしたら、ベランダにずっといたのかもしれない。かすかに覚えてるんです。握りしめてた手すりの感覚……

哲造　ここ4階でしょう。4階はダメよ。全然、確実じゃないわ。

雅之　ごめんなさい。こんな所にお二人を呼んじゃって……

哲造　（きっぱりと）じゃあ、準備しますか。

三人　えっ？

哲造　私達三人は、また集まる運命だったのよ。計画を実現するために。

雅之　そうか、そうですね。

哲造　あたしも、じつはこの一週間、一人でどうしようかってずっと悩んでたのよね。

和美　（慌てて）楽しいことは？　楽しく死ぬんでしょう？

哲造　ええ。私、この三人なら必ず見つかると思う。
明生　僕との三人だね。
和美　でも、まだ見つかってないですよね？
哲造　準備しとかないと、「今だ！」って瞬間に死ねないでしょう。
和美　だけど……
哲造　晴子さん、気持ち、変わった？
和美　えっ？
哲造　ただ話したいだけなら、無理につきあわないで帰った方がいいわよ。
明生　おや、見抜かれてるぞ。
雅之　ええ。嫌ならいいんです。無理につきあって死ぬことはないですから。
明生　じゃ、帰りますか。
和美　ちょっと待って下さい。
明生　失敗！　また自殺させちゃうね。
哲造　さよなら。最後に会えて、それなりに嬉しかったわ。
和美　「ユンセリがライバル」さん。
明生　谷川先生、帰ります！
和美　うるさいわね！（明生に）一人で帰って！
明生　そりゃ、無理でしょう。

雅之　……そこに誰かいるんですか？

と、明生のいる方向を指さす。

哲造　えっ？　聞こえるだけじゃないの？
明生　ども。平山明生です。
和美　（思わず）ダメ！
雅之　……いるんですね。
哲造　やだ、やめてよ！　幽霊なの⁉　背後霊⁉　守護霊⁉　地縛霊⁉
和美　違います。幽霊じゃなくて、その……見えるんです。
哲造　だから、幽霊でしょ！　幽霊と生活する女ね！　イタコ⁉　呪い⁉　魔女⁉
和美　違います。幽霊は関係ないんです。私だけに見える幻なんです。
雅之・哲造　幻？
明生　こんにちは、幻です。
哲造　どんな格好してるの？
和美　私と同じ格好です。
明生　えっ？　そうくる？
雅之　晴子さんと同じ？

哲造　もう一人のあなたなの？
和美　そうです。
明生　違うだろ！　俺は平山明生だよ！
哲造　もう一人の自分がいつも見えるの？
和美　ええ。
哲造　今はどこにいるの？
和美　（指差して）そこに。
哲造　そこにもう一人の自分がいて、いつも話しかけてくるのね。
和美　ええ。
明生　嘘つき。

哲造、いきなり、和美を抱きしめる。

和美　！
哲造　大丈夫。あたし、女に興味ないから。あんたの気持ち、ようく分かるわ。苦しかったのね。
明生　どうしたんだ？
哲造　もう一人の自分が、いつも現実の自分を責めるのね。辛かったでしょう。でも、安心して。もうすぐ、楽になるわよ。

和美　……。
哲造　こうして三人集まったんだから。大丈夫。もうすぐ見えなくなるから。
明生　もう一人の自分じゃないからね！
哲造　一緒に楽になる？
和美　えっ、ええ……。

哲造、和美を放して、

哲造　よし。やっぱり、練炭でいこうか。
雅之　そうですね。
明生　賛成。
和美　!?
哲造　一酸化炭素中毒。睡眠導入剤と合わせれば、かなり楽にいけると思う。
雅之　レンタカー、借りますか？
哲造　だめ。車って発見される可能性があるでしょ。確実に行くためには、練炭は最低でも7時間は必要なの。
雅之　じゃあ……
哲造　ここじゃ、だめ？

三人　ここ？
哲造　そう。車って、密閉するとものすごく暑くなるらしいの。睡眠導入剤飲んでても、サウナみたいに暑くなって目が覚める可能性があるのね。
明生　詳しいねえ。
哲造　だから、部屋を密閉した方が確実なの。見つからず、暑くならず。もし、マサさんがよかったら、ここが一番、安全で確実なの。
雅之　……分かりました。練炭、買いましょう。
明生　よし！
哲造　よかった。
和美　（少し慌てて）でも睡眠導入剤は？　処方箋がないと買えませんよ。
雅之　ハルシオンがあります。
哲造　素敵！　あと、美味しいもの。
和美　美味しいもの？
哲造　楽しくイクためには、絶対に必要でしょう。晴子ちゃん、頼んでいい？
和美　ええ。
哲造　じゃあ、先に行ってて。他に必要なもの、マサさんと相談して、私達もすぐに出るわ。
明生　二人だけでイクつもり？
和美　……分かりました。それじゃ。

明生　さあ、死ぬ準備だ！

和美、去る。

明生が続く。

哲造　じゃあ、あとはガムテープとかビニール・シート、密閉するものね。
雅之　はい。
哲造　あ、お菓子も買おうか。それと、ゲーム。
雅之　トランプはあります。
哲造　大貧民やる？
雅之　なんだか遠足みたいですね。
哲造　楽しくなりそうじゃない。やっぱり、始めてみないとダメねえ。
雅之　そうですね。

と、哲造の携帯が鳴る。

哲造、着信を見て応えようとするが、雅之の存在に戸惑う。

雅之　（気をつかって）じゃあ、着替えてきます。

雅之、去る。
哲造、携帯に出る。

哲造　もしもし、……払うって言ってるだろ！　もうすぐまとまった金が入るから。分かってるよ！　家はダメだ！　言ってるだろ！　家に連絡したら払わないからな！……分かってる。月曜には間違いないから。

携帯を切る哲造。
雅之の去った方角に、

哲造　……マサさん、トイレ貸してくれる？

と言って去る。

シーン3

相談室と街角
光の中に、スクールカウンセラーの身分証を首からさげた和美と明生が浮かび上がる。
二人は向かい合って座っている。
和美の手には、クリップボードとペン。

和美　体調はどう?
明生　最悪だって答えたら、どうするつもり?
和美　一度、病院で見てもらわない?
明生　俺、病気じゃないから。
和美　それはお医者さんが判断することよ。
明生　谷川先生はどう思ってるの?
和美　病気かどうかは専門家じゃないから分からないわ。ただ、平山さんが苦しんでることは分かる。
明生　俺、決めてるから。

和美　何を？

明生　18歳で死ぬって。

和美　だって、もう18歳でしょう。

明生　そうだよ。

和美　お母さんには、言ってるの？

明生　あいつは関係ない。

和美　お母さんにお会いしたいって連絡してるんだけどね。

明生　会うわけないじゃん。

和美　会うわけない？

明生　あいつは長男しか関心ないから。僕はいらないって。

和美　……担任の先生にもう一度、お願いしてみるから。

明生　（急に陽気に）杉山先生、結婚するんだよね。知ってた？

和美　そうね。

明生　ショック？

和美　どうして？

明生　分かってるくせに。

和美　全然、分からないわ。

明生　谷川先生、今日、ちょっと変だよね。

和美　いつもと同じよ。
明生　俺、杉山先生と谷川先生が結婚したらいいって思ってたんだよ。
和美　私のことはいいのよ。
明生　そしたら、俺がキューピッドってことでしょう？　担任の先生とスクールカウンセラーを結びつけたのは俺だから。
和美　もういいわよ。

間

明生　……谷川先生、昨日の三日月、見た？

明生に当っていた光は、明生が喋るにつれてだんだんと暗くなっていく。
物思いに耽っている和美。

明生　三日月なのにさ、三日月の反対側、暗い部分が薄く光って、月全体が丸く見えたの。びっくりしてさ。三日月なのに、残りの暗い部分も目を凝らしたら、丸く光って見えるんだよ。不思議でさ、調べてみたら、「地球照」っていう現象でさ、

明生の声、聞こえなくなるが、明生はしゃべっている。
やがて、明生、和美の姿を見て、
突然、

明生　……谷川先生、谷川先生！
和美　(ビクっと) え？
明生　僕の話、聞いてる？
和美　もちろん、聞いてるわよ。
明生　じゃあ、僕、何の話、した？
和美　えっ……
明生　何の話、した？
和美　えっとね……
明生　(突然、立ち上がる)
和美　どうしたの？
明生　帰る。
和美　まだ終わってないよ。
明生　話を聞くつもりがないんだから、これ以上いてもムダだよ。
和美　聞いてたわよ。

明生　だから、何の話を聞いたんだよ！
和美　……。
明生　興味ないのに、興味ある振りするんじゃねーよ！

去ろうとする。

和美　平山さん。来週も来てね。約束よ。
明生　もう来ないよ！
和美　来るの！　約束よ！

明生、黙って去る。

和美　必ず来てね！　約束よ！

残される和美。
身分証を外し、クリップボードとペンを観客から見えない所（道具の後ろや舞台袖）に置く。
明生が登場する。

明生　どうしたの？
和美　なんでもない。
明生　僕が生きてた頃の事、思い出してたんじゃない？
和美　……。
明生　（軽く）ごめんね、死んで。
和美　（あきれて）そんなこと言われて、私はどう答えたらいいの？
明生　「どういたしまして」は？
和美　どうして来なかったの？
明生　だから、今、来てるじゃない。しつこいぐらいに。
和美　どうして死んだの？　平山さんは、軽いうつ状態だった。お医者さんにかかってたら、自殺は避けられたはずよ。どうしてなの？
明生　あのさ、根本的なこと忘れてない？
和美　なによ？
明生　僕は谷川先生が見ている幻なんだから、僕は僕じゃなくて、谷川先生の考えた僕なんだからさ。つまり、過去の回想以外の僕の発言は、じつは谷川先生の考えなんだから、谷川先生が分からないのに、僕が答えられるわけないでしょう。
和美　相変わらず理屈っぽいわね。
明生　谷川先生が理屈っぽいんでしょ。僕はそんなに理屈っぽくないよ。

和美　嘘よ。平山さんは、未熟なくせにものすごく理屈っぽかった。私はスクールカウンセラーとして、ちゃんと分析してあなたの幻を作り上げてるんだから。

明生　自慢してどうするの。僕の幻なんか見たくないんでしょ。

和美　見たいわけないじゃない。でも、事実は事実としてね、

明生　あのさ、周りからは、元気な独り言にしか見えないんだから、早く買い物して帰った方がいいと思うよ。道行く人からものすごく注目されてるから。

和美　……。（周りを見る。慌ててマスクをする）

明生　二人が心配なら、早く帰った方がいいと思うよ。これ、親切なアドバイス。

和美　珍しいわね。どうしたの？

明生　だって、三人の計画、成功して欲しいんだもん。

和美　……どうもありがとう。

明生　どういたしまして。

和美、去る。

明生、続いて去る。

と、哲造の声が聞こえる。

哲造（声）　（キレ気味で）どーもすみませんでした！

マスクをして、大きなバッグや買い物袋を持った雅之と哲造が登場。

哲造　もう、あんな言い方しなくてもいいのにね。
雅之　マスク警察ってやつですね。
哲造　マスクしてない奴見つけて、いちいち、注意して回るって、よっぽどヒマよね。あー、もう、なんであんなに偉そうなの。ムチャクチャ、腹立つ。
雅之　ちょっと、座りますか？
哲造　そうね。

二人、ベンチ（のようなもの）に座る。
哲造、マスクをあごに下げる。

雅之　（それを見て）「ユンセリがライバル」さん。
哲造　えっ？（あごマスクに気付いて）大丈夫よ。周りに誰もいないんだから。
雅之　でも、
哲造　誰かが近づいたら、戻すわよ。
雅之　……（気分を変えるように）あとは？「ユンセリがライバル」さんが欲しいお菓子とゲー

哲造　ムは全部買いました？
　　　じゃがりこのサラダ味とロッテのチョコパイは買ったでしょう。『黒ひげ危機一髪』と『ジェンガ』も買ったし、（と楽しくなってくる）
雅之　楽しみですね。
哲造　あ、こんにゃくゼリーも買っとこうか。太りすぎに気をつけないとね。
雅之　太りすぎですか？
哲造　あら、これから死ぬのに関係ないと思ってる？　甘いわね。棺桶、担がれた時にさ、「おや、仏さん、意外に重いな」って思われたら成仏できる？　あたしの繊細な美意識は、成仏をやめるわね。
雅之　（微笑んで）「ユンセリがライバル」さんは、どうして死にたいんですか？
哲造　やめてよ。マサさんまで晴子ちゃんみたいなこと聞くの。
雅之　すみません。「ユンセリがライバル」さん、すごくたくましく見えるから。
哲造　死にたい人間はみんな顔に死にたいって書いてあると思ってるの？　想像力の貧困よ、それ。
雅之　そうですか。……僕はどうです？（と、あごマスクにする）僕の顔には書いてますか？
哲造　マサさんは……自分じゃ、どう思うのよ？
雅之　それが、自分じゃ、まだよく分からないんです。
哲造　死にたい理由が分からないの？

雅之　いえ、理由ははっきりしてるんです。……僕、親友にひどいことしたんです。
哲造　なに？
雅之　親友が、パンデに感染して。会社の同僚だったんです。病気が回復して、会社に戻ろうとしたら、上司が、「誰かに感染したこと言ったか？」って親友に聞いたんです。親友が驚いて、家族とか友達に話したって言ったら、この会社からパンデの患者が出たって分かったら会社の成績に影響するからクビだって言われて。
哲造　なにそれ、ひどい会社ね。
雅之　僕、親友に相談されて、一緒に会社と戦ったんです。
哲造　やるじゃないの。
雅之　でも、他は誰も助けてくれなくて。親友だけじゃなくて僕もクビになって。
哲造　えっ。
雅之　親友、マンションに住んでたんですけど、会社ともめてるうちに、パンデだったことが広がって。ネットに名前とか顔写真さらされて。部屋に、出て行けっていうビラも投げ込まれて。
哲造　自粛警察ってやつね。
雅之　親友はすごくショックを受けて、悩んで、いろんなものに追い込まれて、自殺したんです。
哲造　えっ。
雅之　時々、頭の中で聞こえる声は、親友の声なんです。

哲造　マサさん……

間

雅之　(突然) いえ、嘘です!
哲造　えっ?
雅之　僕、相談された時、逃げたんです。文句言うなら、お前もクビにするぞって上司から脅されて。僕、親友を見捨てたんです。
哲造　マサさん?
雅之　口もきかなかったし、Ｌｉｎｅも無視して、電話にも出なかったんです。なのに、どんどんどんどん、頭の中で、親友を助けたように過去が変わってるんです。最近だと、どっちが嘘で本当か、分からなくなる時があるんです。本当は、逃げたんです。僕、親友を捨てて逃げたんです。
哲造　……しょうがないわよ。パンデの時代なんだから。
雅之　だから、自分が親友を見捨てたってことを覚えているうちに死にたいんです。忘れたら、絶対にダメだから。
哲造　大丈夫。もうすぐ死ぬるから、心配しなくていいわよ。……っていうのも変な激励の仕方ね。

雅之　（微笑んで）ありがとうございます。じゃあ、戻りましょうか。
哲造　あ、ひとつ、買い忘れたものがあるの。ちょっと待ってて。
雅之　一緒に行きますよ。
哲造　いいの、いいの。ちょっと待っててね。

哲造、大きな荷物を残して去る。

残される雅之。

突然、立ち上がる雅之。

雅之　えっ？　何？　なんて言ったの？　聞こえない。もっとはっきり言って！　どうしたの⁉
大丈夫⁉　何⁉　どういうこと⁉　どうして⁉　どうして⁉

叫ぶ雅之に明かりが集まってくる。

同時に街のノイズが大きく聞こえ始めて、雅之の声をかき消す。

怒号が聞こえる。

「マスクしろよ！」「お前はクビだ！」「お前はパンデだ！」「こっちに来ないで下さい」「営業してんじゃねーよ！」「この顔がパンデです！」「マンションを出ていけ！」

声と街のノイズがわんわんと響き始める。

怯える雅之。
慌てて、持てるだけの荷物を持って、足早に去る。
誰もいなくなる。
やがて、哲造が戻ってくる。

哲造　お待たせ。……マサさん？　マサさん？

哲造、大きなバッグを手に取り、雅之を探して去る。
暗転。

シーン4

雅之のマンション。
チャイムの音。
反応がない。
もう一度、チャイムの音。

雅之（声）　鍵、開いてます！

明かりつく。
マスク姿の和美が買い物袋を持って入ってくる。後ろに明生。
と、雅之が奥の部屋から登場。手には折られた紙が数枚。

和美　（マスクを取りながら）待ちました？

雅之、雰囲気が変わっている。どこか、責任感あふれるリーダーっぽい感じ。

雅之、顔を輝かせ、

雅之　ようこそ、いらっしゃいました。ひょっとして、僕のツイッターを見て来てくれたんですか？

和美　え？……ええ（困惑）

明生　今頃、何言ってるの？

雅之　ありがとうございます！　原田雅之です。

雅之、持っていた紙を床に置いて、和美の手を取り、両手で熱烈な握手。

雅之　あの、お名前は？

明生　なんだって？

和美　……晴子です。

明生　は、偽名で、本当は和美なんだけど。

雅之　晴子さん。よろしくお願いします。（荷物を見て）それは、まさか、差し入れですか？

和美　えっ？　まあ……

雅之　助かります！　長い戦いになると思いますからね。経済問題が一番の課題です。

明生　あのね、

チャイムの音。

雅之、ドアの方向に叫ぶ。

雅之　鍵、開いてます！

哲造　ただいまー！

哲造、大きなバッグを持って入ってくる。

哲造　マサさん、どこ行ってたのよ！　探したのよ。先に帰るなら帰るって言ってちょうだいよ！

雅之　……（戸惑う）

哲造　（和美に）お菓子もゲームもいっぱい買ったからね！　楽しくなるわよー！　あと、七輪、思い切って四つも買っちゃった！

と、言いながら、大きなバッグから、四つの七輪を出す。

明生　完璧だね。

哲造　（出しながら）晴子ちゃんは何を買ってきたの？
和美　適当に、お肉とか野菜とか。
哲造　ね、せっかく七輪があるんだから、焼肉やらない？
雅之　焼肉！
哲造　どーんと豪華に。なんか、最後の晩餐に相応しいって感じしない？
雅之　最後？　どうして最後なんですか？
哲造　マサさん、何言ってるの？
雅之　すみません。私達、以前、お会いしたことがありましたか？
三人　えっ。
雅之　ごめんなさい。最近、ボーッとすることがあって。……あの、お名前は？
哲造　……「ユンセリがライバル」よ。
雅之　いえ、誰がライバルかじゃなくて、お名前です。
哲造　だから、名前が「ユンセリがライバル」よ。
雅之　（態度が変わって）私は真剣なんです。冷やかしなら、帰っていただけませんか？
哲造　マサさん、何言い出すの⁉　冷やかしなわけないでしょう！
雅之　私は命をかけて戦うんです。「ユンセリがライバル」なんて名前の人と一緒にいたくありません。
哲造　命かけてるわよ。「ユンセリがライバル」が名前で何が悪いの⁉

明生　ものすごく呼びにくい。
雅之　わざわざ来ていただいて、本当にありがとうございました。

と、去る方向に促す。

哲造　マサさん、どうしたのよ⁉
和美　（猛烈な早口で）「ユンセリがライバル」さん。確かに、「ユンセリがライバル」ってのは名前らしくなくて、毎回「ユンセリがライバル」さんって言うのは、長くて大変で、何回も「ユンセリがライバル」さんて言っているとだんだん、名前なのか勘違いなのか分からなくなってくるから、ここはひとつ「ユンセリがライバル」って名前をやめて、名前らしい名前に変えるのはどうですか、「ユンセリがライバル」さん！

間。

哲造　……じゃあ、ヒョンビンって呼んで。
雅之　今日はどうもありがとうございました。お気をつけてお帰りください。
哲造　どうして⁉
雅之　私達は、本名で戦う必要があるんです。

三人　えっ？
雅之　隠したら、意味がないんです。
和美　どうして？
雅之　それは、仲間になった人にだけ話します。晴子さん、名字は何ですか？
和美　谷村晴子《たにむらはるこ》です。
明生　本当は、谷川和美です。
雅之　（哲造を見て）私は原田雅之です。

雅之、哲造を見つめる。
和美も明生も見る。
哲造、視線を受けて、

哲造　……哲造よ。橋本哲造。あんまり自分の名前、好きじゃないのよ。
明生　哲造⁉
雅之　哲造さんですね。ありがとうございます。私達、以前にお会いしてるんですね？
哲造　ええ。
雅之　ごめんなさい。もう、絶対に忘れませんから。二人も来てくれて、本当に嬉しいです。じゃあ、結団式を始めましょう。

哲造　決断式？　何を決断するの？　死ぬぞって決断するの？
雅之　（笑って）哲造さんって、本当にユーモアのセンスがありますね。私達のグループの名前なんですが、これはどうでしょうか？

雅之、床に置いてあった紙を両手で広げる。
Ａ４の紙が数枚、ガムテープでつなげられて『くたばれ、自粛警察の会』とマジックで書いてある。

雅之　『くたばれ、自粛警察の会』！
三人　……。
雅之　あ、ダメですか⁉　そうですか！　いえ、この名前にこだわっているわけじゃないんです。とにかく、自粛警察と戦えれば、それでいいんです。いくらでも変えますから、意見を言って下さい！　哲造さん、どうですか？
哲造　どうって、何がどうなの？　これは夢？
雅之　夢の実現ですよ。私達で自粛警察と戦うんですから。晴子さん、どうですか？
和美　えっと……
明生　さあ、どうする⁉
和美　自粛警察と戦うんですよね。

雅之　そうですよ！
和美　だったら、『くたばれ、自粛警察の会』だと、私達が自粛警察だと思われるんじゃないですか。本当は「『くたばれ自粛警察』の会」なんですよね？
雅之　そうです！　そうか！　そうですね！　日本語って難しいですね。晴子さん、何かいい案はありますか？
哲造　はい。（と、手を挙げる）
雅之　哲造さん。
哲造　最近、ボーッとすることがあって、よく分かんないんですけど、何がどうなっているのか、理解できる範囲で説明していただけないでしょうか？
雅之　（笑って）哲造さんって、本当にユーモアのセンスがありますね。哲造さんだと、どんな名前にしますか？
哲造　いや、だからね、
和美　この会の目的は文章にしましたか？
雅之　まだ途中です。
和美　それを聞かせてくれませんか？　いいアイデアが浮かぶかもしれません。
雅之　なるほど。ちょっと待って下さい。

雅之、隣の部屋に走る。

哲造　晴子ちゃん。いったい、何が、

雅之、ノートを持って、ダッシュで戻ってくる。

雅之　お待たせしました！
明生　はやい！
雅之　いいですか。（読む）「私達は、パンデに感染しました。医学的には、もう回復したと言われていますが、職場や家から出て行けと自粛警察に言われました。ですが、私達は出て行きません。ここにいます。ここで生活することが私達の権利であり戦いです。私達は、自粛警察に追い詰められ、引っ越ししたり、営業をやめたり、自殺した人達の無念を受け継ぎ、ここで生活を続けます。ここに、パンデに感染した同志（一瞬考えて）三名が集まりました。かかってこい、自粛警察！　私達は、絶対に負けない！」……こんな感じです。
哲造　はい。（と、手を挙げる）
雅之　哲造さん。
哲造　三名って、ひょっとして、この三人？
雅之　一人でも戦おうって覚悟してました。でも、お二人も来てくれた。本当に感謝します。ここで共に生きていきましょう。

明生　なんだ、この展開は？

雅之　だから、このグループには、うんと素敵な名前をつけたいんです。せっかく、集まったんですから。

和美　……ちょっと、考える時間をくれませんか？　あんまり慌てない方が。

雅之　夕食までには決めたいと思います。焼肉ですね。結団式にはふさわしいメニューだと思います。じゃあ、僕はちょっと隣で作業します。

雅之、買った荷物を持って去る。

哲造　どういうこと!?　自粛警察って何!?

和美　……。

哲造　つまり、つまり、マサさんは、

和美　マサさんは？

哲造　本当に気が狂ったってこと!?

明生　正解！

和美　いえ、妄想状態でしょう。

哲造　妄想状態……晴子ちゃん、お医者さんみたいなこと言うのね。

明生　医者じゃなくて、スクールカウンセラーね。

和美　ええ、精神的なことに興味があって。
哲造　そうなの……ね、どうしよう？
和美　……（考えている）
哲造　病院、連れて行った方がいいんじゃないの？
和美　それが一番いいんですが……
明生　えっ、これで終わるの？
和美　ただ、マサさんは病院に行くことに納得しないと思います。
哲造　どういうこと？
和美　自粛警察と戦うのに、どうして病院に行くんだって思うでしょう。
明生　うん、絶対にムリだね。
哲造　警察に電話するのは？　おかしくなったんで、病院に連れて行って下さいって。
明生　措置入院ってやつだ。
和美　難しいと思います。マサさんは別に暴れているわけじゃないので。ただ、妄想があるだけですから。
哲造　じゃあ、暴れてもらう？
明生　おい。
哲造　（ハッと）ダメよ。警察なんか呼んだらダメよ。お前たちは誰で、どうしてここにいるのかって話になるでしょう？　死ぬために集まったなんてバレたら絶対にダメよ！

和美　家族に連絡したらいいかもしれません。
哲造　それよ！　でも、マサさん、家族の連絡先、教えてくれるかしら。
明生　教えないと殺すぞって脅すのは？
和美　（明生に）うるさい！　黙って！
哲造　えっ。
和美　あ、ごめんなさい。
哲造　そうか。晴子ちゃんも狂ってるんだった。ここでまともなのは、あたしだけなんだわ。考えないと、考えないと……ちょっとトイレ行ってくる。

哲造、去る。
和美、考え込む。

明生　さて、谷川先生、どうしようか。死にたい人が自粛警察と戦うために生きようって言い出したよ。これはグッドニュース？　それともバッドニュース？

雅之が飛び込んでくる。

雅之　こういうのはどうですか⁉

雅之、書いた紙を広げる。
『自粛警察と戦い隊』と書いてある。

雅之　『自粛警察と戦い隊』。どうです？　軽くダジャレも入れてみました。
和美　そうですねえ……
明生　それは恥ずかしい。
雅之　いいですよね。いいでしょう！　あ、晴子さんのアイデアもお聞きします。言って下さい。
明生　『自粛警察を妄想する会』は？
和美　いいえ、それでいいと思います。
雅之　そうですか！……あれ、哲造さんは？
和美　トイレに行ってます。
雅之　じゃあ、哲造さんにも聞かないと。
和美　哲造さんも、きっと賛成しますよ。
雅之　そうですか。じゃあ、決定ですね！　晴子さん、お願いがあります。『自粛警察と戦い隊』と紙に大きく書いて、全部の窓に張り出してくれませんか。僕はこっち側の窓を担当しますから。
和美　窓にですか？

雅之　それと、一緒に僕の携帯番号とメルアドも大きく書いて張り出して下さい。
和美　えっ？
明生　携帯番号とメルアド⁉
雅之　スペースがあったら、「負けないぞ！」とか「参加者募集」と書き足して下さい。
和美　マサさん……
雅之　とにかくアピールするんです。よろしくお願いします。焼肉ですね！

雅之、和美の買った買い物袋を持って、台所の方に去る。

明生　本格的な妄想だね。

和美、携帯を出す。

明生　ちょっと、何するつもり？
和美　……。
明生　誰に電話するの？　紅谷先生に連絡するの？　助けてもらうの？　それでおしまいなの？
和美　早期の治療が必要なの。
明生　クライエントの妄想に寄り添うのも、カウンセラーの重要な仕事じゃないの？

和美　時と場合によるわ。

明生　……また、助けられなかったね。

和美　！

明生　せっかく、二人と出会ったのに、意味なかったね。今度こそ、助けたかったのにね。マサさんは保護されて、哲造さんは一人で死ぬね。

和美　……。

和美、携帯をしまう。

明生　さあ、『自粛警察と戦い隊』、書きますか！

和美、隣の部屋に向かう。
明生も続きながら、

明生　しかし、絶望的にダサい名前だね。

二人、去る。

シーン5

焼肉セット（肉、缶ビール、お皿、箸など）を持って、雅之と哲造が登場。
二人、準備しながら、

哲造　ねえ、マサさん。もしもの時のためにさ、お互いの緊急連絡先を教え合わない？　親とかさ。
雅之　もしもの場合って？
哲造　だから……白粛警察がやってきて、私達全員、逮捕されちゃうとか。
雅之　逮捕はされないでしょう。本物の警察じゃないんだから。あるとしたら、リンチですか。
哲造　リンチ⁉
雅之　その可能性は高いです。
哲造　じゃあ、そのためにもさ、連絡先。
雅之　僕は家族との縁は切りました。迷惑をかけたくないので。哲造さんの連絡先は聞きますよ。
哲造　私はいいのよ。
雅之　哲造さんは、どんな差別を受けたんですか？

哲造　差別？
雅之　パンデに感染して、何を言われたんですか？
哲造　私は……
雅之　今は、パンデに感染することより、あいつはパンデに感染したって、後ろ指、指される方が怖いでしょう。
哲造　まあ、後ろ指ならずっと指されてきたわね。
雅之　そうなんですか⁉
哲造　みんな、陰で笑ってたわね。よく噂されたから。
雅之　つらかったでしょう。
哲造　ポロッと優しい言葉言わないでよ。泣きそうになるじゃないの。（月影先生っぽく）マサ、恐ろしい子。
雅之　自粛警察と真剣に戦ったら、死ぬかもしれませんよ。
哲造　むしろ、死にたいのよ。
雅之　本気ですか？
哲造　ええ。ただし、条件があるんだけどね。
雅之　条件？
哲造　いいの、いいの。話せば長くなるから。
雅之　結団式に相応しい食事になりましたね。僕、この焼肉、一生、忘れないと思います。

哲造　美味しそうね。

和美と明生が出てくる。

和美　全部の窓に、一応、張り出しました。
明生　すごく目立ってるよ。
雅之　こっちも、丁度、準備ができた所です。
哲造　練炭、入れてくるね。

哲造、七輪を持っていったん去る。

雅之　晴子さん、本当にいいんですか？
和美　えっ？
雅之　危険な目にあう可能性は高いです。無理しないで下さい。
和美　自粛警察と戦うことは危険ですか？
雅之　だって、相手は目に見えない敵ですから。目に見えない敵と戦うことが一番、危険だし怖いでしょう。
和美　目に見えない敵……。

雅之　やめたくなったら、いつでも言って下さいね。それは自由ですから。
和美　え、ええ。
明生　もうやめたいんだよね。

哲造、七輪に練炭を入れて戻ってくる。

哲造　さあ、練炭、チンチンに燃えてるわよ！　せっかく買ったんだから使わないとね。
雅之　それでは、『自粛警察と戦い隊』の結成を祝って乾杯しましょう。

缶ビールを持つ雅之と哲造と和美。

明生　えー！　飲むんだ。大丈夫？
雅之　じゃあ、乾杯！
和美・哲造　乾杯！

三人、一口、飲み、

哲造　さあ、食べましょ、食べましょ！　肉、焼くわよー！

七輪の上に肉を置く。
焼けていく肉。

雅之　あ、窓、少し、開けましょう。換気しないと危険ですから。

三人　……。

和美　はい。

和美、窓を開けるアクション。
三人、食べながら、

雅之　あらためて自己紹介します。原田雅之です。結構ブラックな会社のサラリーマンでした。パンデに感染して、回復して、会社に戻ろうとしたら、会社に悪いイメージがつくからクビだと言われました。

哲造　えっ？

雅之　文句を言ってたら、ネットに名前をさらされて、この部屋にも「出て行け！」っていうビラが投げ込まれました。

哲造　マサさん、それ……

雅之　会社はクビになりましたが、絶対にここを引っ越ししません。がんばりましょう。じゃあ、晴子さん、どうぞ。
和美　谷村晴子です。口下手ですが、話好きです。よろしくお願いします。
雅之　自粛警察にどんなことをされたんですか？
和美　それは……まだうまく話せないので、
雅之　分かりました。哲造さん。
哲造　橋本哲造です。後ろ指さされて、何十年。逃げ続けて、ここまで来ました。よろしくお願いします。
明生　平山明生です。18歳、高校生（です。趣味は読書で、人生のモットーは）
雅之　今は三人ですが、メンバーをどんどん増やしたいと思います。
明生　聞けよ！
雅之　さっそく、ネットに結成アピールを出します。お二人の名前も出していいですか？
哲造　えっ？　どういうこと？
雅之　ですから、『自粛警察と戦い隊』を結成しました。参加者を募集します。今のメンバーはこの三人ですって。ツイッターとフェイスブック、インスタグラムにアップします。あ、僕、言い出しっぺなので、リーダーをやらせてもらいます。
哲造　どうして名前だすの？
雅之　僕達が本気だっていう証拠です。本気で自粛警察と戦うんだって。哲造さんも晴子さんも

哲造　いいですね。
雅之　ちょっと、待って。本名はダメよ。それはダメ。
哲造　どうしてです？
雅之　どうしてって……ねえ、私、自粛警察って、いまひとつピンと来てないんだけど。
哲造　ずっと後ろ指さされてたんでしょう。今さら何を言ってるんですか。
だけどさ、本当にこの辺りにいるの？

雅之、突然、立ち上がり、舞台の前面まで来て、窓を開けるアクション。
和美と哲造を誘う。
明生もついてくる。

明生　なになに？　なんなの？
雅之　（窓の外をお箸で示しながら）あの家、二階建てでクリーム色の壁の家。分かりますか？
哲造　あの真っ暗な家？　コンビニの隣の。
雅之　そうです。この町で一番最初に感染者が出た家なんです。父親が感染したんですけど、大騒ぎになって。奥さんと娘さんは感染してないって検査で出たんだけど。あの隣の隣、保育園なんです。
和美　保育園。

雅之　子供に移ったらどうするんだって、自粛警察が大騒ぎして。出ていけっていうビラが張り出されて、ゴミが投げ込まれて、窓ガラスが割られて、電話が鳴り続けて、結局、引っ越ししたんです。

明生　なるほどね。

雅之　中学生の娘さんは泣いてました。一体、私達はどんな悪いことをしたんだって。……次に感染したのが僕です。でも、僕は絶対に引っ越し、しないんです。『自粛警察と戦い隊』として、ここに居続けます。

哲造　はい。（手を挙げる）

雅之　哲造さん。

哲造　居続けて、何をするの？

雅之　ここで生きるんです。

和美　生きる？

哲造　生きて何をするの？

雅之　何もしません。ただ、ここで生きるんです。逃げ出さず、ここで生きることが、自粛警察と戦うことなんです。

哲造　なにそれ？　ただ生きるだけ？　私、嫌よ。そんなビフィズス菌みたいな生活。

雅之　あ、いえ、正確に言えば、「楽しく生きる」んです。

和美　「楽しく生きる」

雅之　はい。ここで、感染経験者なのに、楽しく生きれば生きるほど、自粛警察の神経を逆撫でし、彼らを無力化することになると思うんです。

哲造　楽しくって、どうするのよ？

雅之、再び、窓に近づく。

雅之　笑いましょう。

三人　は？

雅之　引っ越ししろって苦々しく思っている自粛警察に僕達の笑い声を投げつけるんです。これは笑い爆弾です。さあ、笑いましょう！（笑いだす）さあ、二人も。

和美・哲造　……。

雅之　（笑いながら）さあ、これは自粛警察との戦いです！　さあ！（大笑いする）

和美・哲造　（笑いだす）

雅之　（笑いながら）もっと！

和美・哲造・雅之　（大笑い）

和美　（笑いながら、明生に）笑いなさいよ！

明生　やだよ！

三人、窓の外に向かってひとしきり笑って、終わる。

哲造　ものすごく空しい……。

雅之　これから定期的に1時間に1回は、窓を開けて、笑い爆弾を投下します。くたばれ、自粛警察です。

和美　はい。（手を挙げる）

雅之　晴子さん。

和美　これ、楽しくないです。

雅之　ええ！（驚く）

哲造　楽しいわけないでしょう！

雅之　だって、楽しいことが目的なんじゃなくて、自粛警察に「楽しそうだ」って思わせることが目的なんですから。

雅之、窓を閉めて、食卓に向かう。
和美、哲造、しょうがなく続く。
明生も。

雅之　さあ、食事に戻りましょう。

三人、食べる。

明生　これはなんだ？　笑うとこ？　怒るとこ？　あきれるとこ？　それとも泣くとこ？

哲造　ねえ。『自粛警察と戦い隊』って、このまま、食って、笑って、寝て、食って、笑って、寝るの？

雅之　そうです。

哲造　やだわ。太るじゃないの！　太ってバカになるじゃないの！　人間として最悪でしょ！　やだわ、そんなの！

雅之　でも、自粛警察は目に見えない敵ですから、こっちから攻撃することはできないんです。

哲造　でも、全然楽しくないじゃない。そんなの嫌よね、晴子ちゃん。

和美　えっ、ええ、そうですね。

雅之　でも、ここで生きることが戦いですから……。

三人、黙って食事をする。

明生　ほら、焼いて！　食べて！　いっぱい食べて、いっぱい太ったら？

哲造　（突然）やだ、こんな生活！　もう、帰る！

和美　哲造さん。

哲造　帰るわよ！　結局、一人でやるしかないんだ。期待したあたしがバカだった。マサさん、晴子ちゃん、じゃあね。

和美　待って下さい！　マサさん！　なんかないんですか？　楽しいこと？　楽しく生きることが自粛警察と戦うことなんでしょう⁉

明生　もう、早く死のうよ！

雅之　かなり危険ですが、ひとつだけあります。

和美　なんですか？

雅之　慰問です。

三人　慰問？

雅之　はい。窓から見えた保育園に慰問するんです。

哲造　マサさん、何言ってるの⁉

和美　慰問て、何するんですか？

雅之　お芝居がいいと思うんです。この三人でお芝居を作るんです。

哲造　もう、帰るね！

雅之　僕、小学校のときに学芸会、やったんです。お芝居の稽古、ものすごく楽しかったんです。これは、ただ笑うだけじゃなくて、本当に楽しいと思います。

和美　危険って、言いましたよね？　保育園に慰問することがどうして危険なんですか？

雅之　だって、感染経験者三人が保育園に行くんですよ。自粛警察が黙ってないと思いませんか？
三人　えっ？
和美　でも、保育園が感染経験者の公演を受け入れますか？
雅之　感染したことは、保育園に隠して申し込みます。発表は、公演が終わった後のカーテンコールです。感染したけど、回復して、こうやって元気に活動しているって。
明生　面白くなってきたぞ。
雅之　ただし、ツイッターやフェイスブック、インスタグラムでは、慰問の直前に発表します。その方が広がると思いますから。大騒ぎになりますよ。目に見えなかった敵の姿がきっと見えてきます。
哲造　それのどこが楽しいの？　全然、楽しくなさそうじゃないの。
明生　大騒ぎは楽しいよね。
雅之　そこからの戦いは、苦しいものになります。でも、稽古はきっと楽しいです。このマンション、屋上が使えるんです。管理人さんに頼んで鍵かりて、青空の下で稽古したら楽しいと思いませんか。僕達の笑い声が、この町に響くんです。
哲造　屋上？　このマンション、何階なの？
雅之　20階です。
哲造　へえ、20階もあるの。

雅之　ね、やりませんか？　絶対に楽しいですよ。
哲造　……演技したことなくても楽しい？
雅之　間違いないです。
和美　哲造さん。
明生　何を考えてるんだ？
哲造　じゃあ、どれぐらい楽しいか、やってみましょうか。
雅之　はい！
哲造　でも、お芝居って、難しいんじゃないの？
雅之　大丈夫です！　お芝居は気持ちです。気持ちがあれば、きっと伝わります。
哲造　ちょっとワクワクしてきた。
和美　ち、ちょっと！
明生　信じらんねーよ！
哲造　晴子ちゃんもどう？
和美　どうって、
哲造　20階の屋上で稽古するなんて素敵じゃないの！
和美　それは……
哲造　人数が多い方が絶対に楽しいわよ！　二人より、四人。
雅之　四人？

哲造　晴子ちゃん、もう一人の自分が見えるから四人。賑やかで楽しいわよ、ねえ。

和美　いえ、あの、

哲造　決定ね。一緒にやりましょう。

和美　ダメです。

雅之　そうです。強制はダメです。

哲造　みんなでやんないと楽しくないでしょう。ごちそうさま。じゃあ、さっそく準備、始めましょう。

和美　ちょっと待って下さい。

雅之　とにかく、後片付けしましょう。

哲造　さあ、片付けた後は、お芝居よ！　思いっきり、楽しむわよ！

哲造、雅之、焼肉セットを片づけながら去る。

明生　お芝居、やってみようかな。

和美、スマホを出す。

明生　ちょっと！

和美　もういいでしょう。妄想がどんどん膨らんできてるのよ。
明生　放棄するわけ？
和美　なんとかして病院に連れて行く。紅谷先生と相談する。

和美、携帯を操作し始める。

明生　あのさ、そんなことしたら、僕は一生消えないよ。

和美の手が止まり、明生を見る。

明生　僕、一生、消えないよ。
和美　消えたくないんでしょう。
明生　僕はね。でも、それでいいの？

和美、明生をじっと見つめる。
雅之がやってくる。哲造のいる方を気にしつつ、

雅之　晴子さん、ごめなさい。無理しなくていいです。人数のことなら、心配しないで下さい。

和美　きっと、明日にはもう『自粛警察と戦い隊』に参加したいっていう人がいっぱい来ますから。
雅之　やりましょう、お芝居。
和美　えっ……いいんですか。
雅之　ええ。やりましょう。
和美　はい、ありがとうございます！　うんと楽しんで、自粛警察をやっつけましょう。
雅之　はい。
和美　哲造さんに言ってきます！

雅之、去る。

明生　妄想状態のクライエントとお芝居する。なかなか、できない体験だね。
和美　なんで芝居したくないか分かる？
明生　恥ずかしいから？
和美　平山さんがいろいろと突っ込むのが見えてるからよ。悪いけど、私、高校の時、演劇部だったんだからね。
明生　へえ。
和美　その時の部長が口うるさくて、いちいち、ダメ出しして、演技、大嫌いになったの。平山さんは間違いなく、その部長と同じになる。

明生　失礼だなあ。こんなに優しい永遠の18歳をつかまえて。

和美　あのね、

シーン6

哲造が走ってくる。

哲造　晴子ちゃーん！　最高！

哲造、和美を抱きしめる。

哲造　これで楽しく死ねるわね！
和美　ええ……
哲造　もう一人の自分はなんて言ってるの？
明生　谷川先生はきっとできる。
和美　絶対に失敗するって。
哲造　そうなのよ。もう一人の私は、いつも現実の私を責めるのよ。もう一人の私は完璧だから。でも、大丈夫。もうすぐよ。（奥に向かって）マサさん、早く始めましょうよ！

雅之、台本を持って入ってくる。

哲造　どんなお芝居なの？　あんまり難しいのは、だめよ。私はどっちかっていうと、パーッと派手なのがいいなあ。踊りがあって、紙吹雪が舞って、ミラーボールが回って、

明生　それは違うだろう。

和美　台本はあるんですか？

雅之　はい、これをやろうと思うんです。

雅之、台本を示す。

哲造　なになに……『泣いた赤鬼』。

和美　『泣いた赤鬼』！

雅之　これ、僕が小学校5年の時に学芸会で実際に上演した台本なんです。

哲造　物持ち、いいわねえ。

雅之　1年生も喜んでくれましたから、きっと、保育園の子供達も楽しめると思います。

和美　マサさんは、何をやったんですか？

雅之　僕は、村人の一人です。僕、この話が大好きなんです。なぜか分からないんですけど、無性に惹かれるんです。

哲造　あたしも昔、読んだと思うけど、すっかり忘れてるわね。
和美　私はなんとなく。
明生　僕は忘れたね。
哲造　じゃ、始めましょう！
雅之　はい。まず、
哲造　まず？
雅之　配役です。誰がどの役をやるか決めましょう。
哲造　待ってました！
雅之　まず、赤鬼。
哲造　はい！
明生　元気だなあ。
雅之　いいですね。じゃあ、哲造さんは赤鬼をお願いします。次に赤鬼の親友の青鬼。
哲造　はい！
雅之　いえ、両方はできないです。
哲造　どうして？　一人二役ってあるでしょ？
雅之　いえ、青鬼は赤鬼と会話しますから。
哲造　そんなのSFXとかの特殊効果使えばすぐじゃない。簡単よ。
明生　言ってる意味、分かってる？

和美　そうそう。
哲造　ほら、晴子ちゃんだって、そうそうって。できるわよね。
和美　違います。それは映画の話です。これは、お芝居です。
哲造　あら、私、映画もお芝居も両方とも大好きよ。
和美　そういうことじゃないんです。
哲造　どうして？　映画とお芝居、両方好きだとだめなの？　どっちかに決めないといけないの？　心、狭いわねえ。
雅之　……じゃあ、鬼は置いておいて、村人にいきます。赤鬼に怯える村人。
哲造　はい！
雅之　……青鬼に襲われる村人。
哲造　はい！
雅之　……赤鬼の家を訪ねる村人。
哲造　はい！
和美　哲造さん、退場！
明生　ボケ老人か⁉
雅之　慰問する側じゃなくて、慰問される側になって下さい。
哲造　ずっと演技していたいのよ。ずっと楽しい気持ちでいたいの。出番がないとどんどん醒めるのよ。ずっと演技して、ずっと楽しいままでいたいの！

雅之　あのですね、
和美　分かりました。悪いようにはしませんから、ちょっと待って下さい。
哲造　大丈夫なの？
和美　ええ。なんとかします。（雅之に）私達で決めましょう。
雅之　そうですね。
和美　じゃあ、赤鬼は、やっぱり、マサさんがいいと思います。
哲造　そうなの？
和美　で、青鬼が哲造さん。
哲造　ひとつだけ？　ひとつだけなの？
和美　ひとつでいいんです。
雅之　晴子さんは？
和美　私は……他の登場人物は誰でしたっけ？
雅之　あとは、ナレーションと村人です。村人は何人かでてきます。
哲造　あたしやろうか？
和美　じゃあ、村人をやります。
雅之　ナレーションもお願いしていいですか？
哲造　あたしやろうか？
和美　できるかな……

雅之　お願いします。これでいいですね。
明生　ちょっと待った！　俺の役は？
雅之　じゃあ、始めますか。
哲造　よし、やろう！
和美　そうですね。
明生　俺の役は！（和美に）芝居なんかやるつもりないくせに。俺はあるぞ。俺はやる気マンマンだぞ！
雅之　晴子さん、読んでみてくれますか？
和美　はい。
明生　（和美に）俺にもやらせろ！　やらせろ！　やらせろ！　やらせろ！　やらせろ！……なんだか言ってて、ものすごく恥ずかしいけど、とにかくやらせろ！
和美　静かにしなさい！
雅之・哲造　⁉
和美　（雅之と哲造に）すみません。もう一人の私にも役をあげていいですか？
雅之・哲造　（にこやかにうなずく）はい。
和美　村人をやってくれる？
明生　青鬼がやりたい。
和美　（哲造と雅之に）喜んでます。

雅之　じゃあ、もう一人の晴子さんは、村人2をお願いします。

明生　違うよ。平山明生だよ。これは譲れないぞ。訂正しないと、俺、喋り続けるよ。やめないよ。ずっと喋るよ。

哲造　ねえ、お芝居の練習ってどうするの？

明生　（同時に）俺は平山明生だよ。もうひとりのあんたじゃないよ！

雅之　この本を元にしてですね、

明生　（同時に）　俺はここにいるんだ！　あんたが作った幻でも、俺はここにいるんだ！

哲造　でも、一冊しかないの？

明生　（同時に）俺は平山明生なんだ！

和美　（思わず）分かったわ！

雅之・哲造　えっ？

和美　村人2なんですけど、

雅之・哲造　はい。

和美　もう一人の私じゃなくて、平山明生さんです。

雅之・哲造　平山明生さん。

明生　只今ご紹介に預かりました村人2、そして、密かに青鬼を狙っている平山明生です。よろしくお願いします。

哲造　じゃ、話を続けましょうか。

和美　えっ……
雅之　そうですね。台本、どうしましょう？
和美　あの……
哲造　晴子ちゃん、優しさってなんでしょう？
和美　えっ？
哲造　相手のことを考えることが優しさだと思ってる人は多いわ。けれど、相手ことを考えるってことは、相手の心の中に入っていくこと。私はそれを優しさだとは思わない。私の考える優しさは、そっとしておくこと。
和美　……。
哲造　はい、ご一緒に。「そっとしておくこと」
和美　……ちょっと、トイレ、借ります。

和美、去る。
明生もついていく。

哲造　（突然）誰々⁉　平山明生って誰⁉　恋人⁉　愛人⁉　誰⁉
雅之　哲造さん。
哲造　ドラマ背負ってるわねー！　初恋の人？　死んだ恋人？　三角関係の愛人、不倫？　ドラマ背負ってるわねー。はい、ご一緒に「ドラマ背負ってるわねー」

雅之　態度、変わり過ぎですよ。

哲造　あら、それが優しさじゃないの。優しさと人間への溢れる好奇心。これが、パンデの時代を生き抜く基本よ。

雅之　そうですか……。

哲造　(ふっと) やだ。あたし、死のうとしてるのに、生き抜くだなんて。

雅之　死にませんよ。自粛警察と戦ったからって必ず死ぬって決まったわけじゃないです。

哲造　そうね。(ガラリと) ね、誰だと思う？　平山明生。やっぱり、恋人よね。でもさ、恋人の幻をずっと見るってどういうこと？　自殺したの？　だから幻を見るの？　今年も海に行くって、いっぱい映画も見るって約束したじゃないの。だから見るの？　それとも、(ハッと) やっぱり幽霊なの⁉

雅之　どうでしょう。

和美が戻ってくる。明生も続く。

和美　すみませんでした。

雅之　じゃあ、始めましょうか。

哲造　で、台本は一冊しかないのね？

雅之　そうですねえ……

哲造　お芝居の練習って、一人一人が台本持ってるでしょ。私、テレビで見たことあるわよ。

雅之　それはそうなんですが……

哲造　私、コピーして来ようか？

三人　えっ。

哲造　大丈夫。コンビニですぐだから。

雅之　夜歩くのは危険ですよ。どこに自粛警察がいるかも分かりません。もう、顔を知られているかもしれない。

哲造　大丈夫よ。まだ、マサさん、ネットに、私の写真と本名、アップしてないでしょ？

雅之　ええ。

哲造　悪いけど、私は匿名にしておいて。ごめんなさい。まだ、実名出す勇気がないの。

雅之　ええ、それは……

哲造　じゃあ、行くわ。晴子ちゃんと私の分で、二部でいい？

明生　ちょっと、

和美　あの、三部です。

哲造　三部……ああ、平山明生さんの分ね。

明生　そうです。

和美　そうです。

哲造　分かったわ。
雅之　気をつけて。
哲造　大丈夫。すぐに帰ってくるわ。じゃ。

哲造、去る。

雅之　心配だなあ。
和美　大丈夫ですよ。哲造さんは、たくましいから。
雅之　安心できませんよ。自粛警察は目に見えない敵なんですから。
和美　そうですね……。

哲造が別空間に現れる。
スマホで話している。

哲造　あ、もしもし。あ、パパだ。何か変わったことはないか？　いや、ないならいいんだ。うん。今日は、遅くなる。たぶん、友達の所に泊まる。ママは？　もう寝てるか。そうか。いや、いいんだ。明日、お前、家にいるか？　いや、もし、なんか変わったことがあったら連絡してくれ。うん。それじゃ。

電話を切る哲造。
去る。

雅之　晴子さんは、どうして、参加してくれたんですか？
和美　どうして？
雅之　いえ、女性一人で怖くなかったのかなあって。今、お仕事は？
和美　無職です。
雅之　以前は？
和美　スクールカウンセラーでした。
明生　！　言っていいの？
雅之　スクールカウンセラー……。
和美　週一回、高校に行って生徒の悩みを聞くんです。でも、私、逃げ出したんです。
雅之　逃げ出した……。
和美　ずっとカウンセリングしていた生徒が自殺したんです。私のミスなんです。私、どうして
　　いいか分からなくて、もうカウンセリングできなくなって。
雅之　そうですか……。
和美　だから、もう逃げ出したくないから、参加したんです。

と、チャイムの音。

雅之　哲造さんかな？

雅之、去る。

明生　……どうして言ったの!?
和美　……どうしてだろ？

哲造、戻ってくる。雅之も続く。

哲造　おまたせー！
雅之　無事でよかったです。

哲造、台本を配り始める。

哲造　はい、クリップで閉じといたわ。

和美　用意がいいですね。
哲造　まかせて。気配りの哲造よ。……平山明生さんはどこ？
明生　ここ、ここ。
和美　そこです。でも、台本は（持てない）

哲造、明生の所まで来て、

哲造　ここ？
明生　そう。
和美　そう。

哲造、明生の足元に台本を置く。

哲造　これでいいかな？
和美　ええ。
明生　ありがとう。死んで初めて優しくされましたよ。
雅之　じゃあ、

と、雅之の携帯が鳴る。

雅之　はいもしもし。そうです。『自粛警察と戦い隊』です。

三人　！

雅之、携帯をスピーカーモードにして、全員に聞けるようにする。
スピーカーからは、「なめてんのか。殺すぞ」の声。そして、切れる。

雅之　……自粛警察に怒られました。

和美　マサさん、携帯番号、ネットに出すのやめた方がいいんじゃないですか？

雅之　大丈夫です。文句が来るのは、想定の範囲内です。今、どうしても話したいって人もいると思いますから。じゃあ、『泣いた赤鬼』の稽古、始めましょう。晴子さん、ナレーションをお願いします。

シーン7

和美　はい。浜田廣介《はまだひろすけ》作、『泣いた赤鬼』。むかぁあし、むかぁあしぃい〜。
雅之　(すぐに)いや、それは変でしょう。
和美　そう?『日本昔ばなし』を意識してみたんですけど、
雅之　普通でいいと思います。
和美　そう?　ちょっとつまんない。
哲造・明生　つまんなくても、変。
和美　「むかしむかし、心優しい赤鬼がいました。赤鬼は孤独でした。赤鬼は、友だちがほしいと思いました。赤鬼は、いつも、こう思っていました」
雅之　「できることなら、人間たちの仲間になって、なかよく、暮らしていきたいな」
和美　「ある日、赤鬼は」
哲造　ちょっといいかな。
和美　なに?
哲造　私の出番がないんだけど。
三人　えっ?

雅之　青鬼がもうすぐ出てきますよ。
哲造　そうじゃないでしょう。悪いようにはしないって言ったじゃないの。今、私、淋しいよ。淋しくて淋しくて、楽しい気持ちになんか絶対になれない！
和美　そんなこと言っても、
哲造　なに言ってるの！　なんとかするって言ったのは、晴子ちゃんじゃないの！
明生　じゃあ、森の木をやったら？
和美　えっ？
明生　森の木。ずっと出てるでしょ。
和美　なるほど、名案ね。じゃあ、哲造さん、
哲造　はい。
和美　森の木をやって下さい。
哲造　バカにしてる？
和美　どうして？
哲造　木やって楽しいの？　木の気持ちって何よ？　どうふんばったら、木やってて、楽しくなるのよ？
明生　そんなこと言われても……
雅之　じゃあ、青鬼は、遠い遠い山に住んでることになってますから、そこで生活してるのはどうです？

哲造　生活?
雅之　そう。生活してるんです。
哲造　分かった。
和美　じゃ、続けます。「赤鬼は、いつも、こう思っていました」
雅之　「できることなら、人間たちの仲間になって、なかよく、暮らしていきたいな」
和美　「ある日、赤鬼は、その思いを、自分一人の心の中にしまっておけなくなりました」
哲造　ああ、よく寝た。散歩しよう。てくてくてく。おお、素敵な青空だ。雲が流れていく。おおい、雲よ！　どこまで行くんだい？　あまりの気持ち良さに、鼻唄も出てくるぞ。♪は〜るの〜、うら〜ら〜のす〜み〜だ〜がわ〜！
三人　うるさいよ！
哲造　だって、生活してろって言ったじゃないの。
和美　生活しても、しゃべっちゃいけないんです！
雅之　歌もダメです！
哲造　それは変よ。生活したら喋るでしょう！　トラピスト修道院で沈黙の修行しながら、バター飴作ってるんじゃないんだから！
明生　反論が長いよ。
雅之　哲造さん。
哲造　だって、あんまり無茶言うから。

和美　分かりました。哲造さん、森の楽しい小鳥をやってくれませんか？
哲造　森の楽しい小鳥？
和美　そう。赤鬼の家の周りを飛ぶ、森の楽しい小鳥。
哲造　種類は？
和美　種類？……任せます。
雅之　ええ。子供達も喜ぶと思います。（雅之に）いいですよね。
哲造　ということは、今、死んだら、私は小鳥として死ぬってことか……（ふっと微笑んで）そんな人生も、あるか。
明生　どんな人生だ？
和美　いいですね。じゃ、続けますよ。
哲造　よし。まかせて。ホーホケキョ。
明生　うぐいすかよ！　って、一応、突っ込むよ。
和美　「赤鬼は、友だちがほしくて、自分の家の前に、木の立札を立てました」
雅之　「ココロノ　ヤサシイ　オニノ　ウチデス。ドナタデモ　オイデ　クダサイ。オイシイ
オカシガ　ゴザイマス。オチャモ　ワカシテ　ゴザイマス」
哲造　チュンチュン……
明生　突っ込むのも空しいけど、スズメかよ！
和美　「次の日、赤鬼の家の前を、一人の村人が通りかかりました」

明生　村人1なの？　それとも、村人2？
和美　「村人1は、立札を見てたいそう不思議に思いました。何度も読んだあと、村に戻り、仲間の村人2に言いました。『あんりまあ、びっくらたまげた。不思議なものさ見たばってん』……村人2は答えました」
明生　「こったらもう、そげに驚いてなじょしたね？　なんが不思議ね？」
雅之・哲造　？（当然、聞こえない）
和美　「鬼の家の前に、立札があったげな。これがまあ、不思議なことが書かれておってのお」
明生　「あれまあ、鬼の家の前に立札とな。そんで、何が書かれておったとげな？」
哲造　じれったいわね！　この間《ま》を、なんとかしてちょうだい！
和美　やっぱり、聞こえませんか？
雅之・哲造　（うなずく）
和美　心の美しい人には聞こえるかもしれません。
雅之・哲造　！……。
雅之　平山明生さん、もう一回、お願いします。
明生　「あれまあ、鬼の家の前に立札とな。そんで、何が書かれておったとげな？」
雅之・哲造　……。
哲造　子供には聞こえるのかな？
雅之　そんなアホな！

和美　すんません！
雅之　いや、あやまることはないですよ。
明生　そうだよ。
哲造　よし、村人？は私がやろう。
明生　ちょっと、
和美　それは、
哲造　いや、もちろん、平山明生さんも読んで、私も読むのよ。
和美　二人一緒に？
哲造　そう。一人二役ってのがあるんだから、二人一役っていうのもあるはずでしょう。
雅之・明生　二人一役？
和美　(明生に) どう？
明生　やだよ。
和美　いいそうです。
明生　ちょっと、
和美　そうしないと、子供達に聞こえないんですものね。
雅之　じゃ、やってみましょう。立札のセリフから。
和美　「鬼の家の前に、立札があったげな。これがまあ、不思議なことが書かれておってのお」
明生・哲造　「あれまあ、鬼の家の前に立札とな。そんで、何が書かれておったとげな？」

哲造　どう？
和美　いいんじゃないですか？
明生　そうかあ？
雅之　明日には、『自粛警察と戦い隊』の参加希望者がたくさん来るでしょうから、その中の一人にやってもらいましょう。
哲造　えっ？
和美　あの、
明生　ちょっと、
雅之　もちろん、平山さんとの二人一役で。
和美　はい。

と、雅之の携帯が鳴る。

雅之　はいもしもし。そうです。『自粛警察と戦い隊』です。

電話口から、「出て行ってよ！　ふざけないで！」という声がかすかに聞こえる。
電話、切れる。

雅之　……。

和美　マサさん。

雅之　とりあえず、留守電にしておきます。さあ、続けましょう。

和美　「とにかく、行ってみれ。びっくらこくぞお」

明生・哲造　「したら、行ってみるべ、行ってみるべ」

和美　「村人は、赤鬼の家の前にやってきました。ほら、この立札だ」

明生・哲造　「どれどれ」

雅之　「ココロノ　ヤサシイ　オニノ　ウチデス。ドナタデモ　オイデ　クダサイ。オイシイ

オカシガ　ゴザイマス。オチャモ　ワカシテ　ゴザイマス」

明生・哲造　「こ、これはあ！　なんとまあ、これは確かに鬼の字だんべ！」

和美　「入ってみるべか？」

哲造　ホーホケキョ。

雅之　哲造さん、もう鳥はいいです。

哲造　そう？　残念ねえ。

和美　「入ってみるべか？」

明生・哲造　「待て待て、まずはのぞいてみるべえ」

和美　「家の中から、鬼は黙って、二人の話を聞いていました。話すだけでちっとも入ってこない村人を思って、歯がゆくて、赤鬼はいらいらしました」

雅之　「いらいら。イライラ」
和美　「二人はこっそり、中を覗《のぞ》きました」
明生・哲造　「なんだか、ひっそりしてるんべ」
和美　「気味が悪かんべえ」
明生・哲造　「こりは、だまして食うつもりじゃないかんべえ」
和美　「なるほど、くわばらくわばら」
明生・哲造　「だまされたらあかんべえ」
和美　「村人はしり込みし始めました。赤鬼は、じっと耳をすましていましたが、こう言われると悔《くや》しくなって、むっとしながら言いました」
雅之　「とんでもないぞ。誰がだまして食うものか。ばかにするない」
和美　「正直な赤鬼は、窓からひょっこりと真っ赤な顔を突き出しました」
雅之　「村人1・2ー!」
和美　「その声は、人間たちには大きすぎました」
和美・明生・哲造　「でたー!　逃げろー!」
和美　「村人1・2は、慌てて逃げていきました」
和美・明生・哲造　「村人12!（いっちにっ!　いっちにっ!）12!　12!」
雅之　「おうい、ちょっと待ちなさい。だましはしないよ。とまりなさい。本当なんだ。おいしい、お菓子。かおりのいいお茶」

和美　「赤鬼は、外に出て、懸命に呼びかけましたが、村人たちはよろめきながらも走り続けて、とっとと山を下っていきました」

和美・明生・哲造　「ひぃひぃひぃひぃひ！」

和美　「赤鬼はたいそうがっかりしました。気がつくと、鬼は裸足で飛び出して、あつい地面に立っているのでありました」

雅之　「（立て札を見て）なんだ、こんなもん！」

雅之、ゆらっとよろめき、手にした台本を落とす。

哲造　マサさん、大丈夫！

雅之　大丈夫です。あの、今日はここまでにしませんか？　明日は、屋上で稽古できます。

シーン8

和美　そうしましょう。
哲造　それがいいわね。
雅之　すみません。
和美　……いつ慰問するつもりですか？
雅之　早い方がいいですよね。明後日とか。
明生　明後日⁉
和美　そんなに早くですか？
雅之　急いだ方がいいと思うんです。自粛警察が大きくなりすぎないうちに。
哲造　そうね。早い方がいいわね。でも、楽しくなるためには、セリフを覚えないとダメよね。
雅之　それはもちろんです。（和美に）隣の部屋を使って下さい。パジャマになりそうなもの、探します。
和美　すみません。
雅之　哲造さんはここでいいですか？
哲造　マサさんは？

雅之　僕は奥の部屋で。それじゃあ、布団と毛布、運びます。
哲造　あの、マサさん。ハルシオン、一錠、もらっていい？
雅之　ハルシオン……なんでしたっけ？
哲造　睡眠導入剤よ。あったでしょう？
雅之　そうですか。たぶん、あると思います。
哲造　ありがとう。晴子ちゃんももらわない？
晴子　いえ、私は大丈夫です。
明生　もらった方がいいよ。
和美　布団、私が運びます。
雅之　大丈夫です。
哲造　手伝うわ。部屋、マサさんと一緒じゃないの？　残念ねえ。……冗談よ。

雅之と哲造、去る。
和美、緊張を解く吐息。

明生　こんなんで、自殺、止められるの？
和美　止めるわよ。
明生　屋上なんか行かないで、密閉した部屋で練炭たいて稽古してさ、そのまま、イッちゃうっ

和美　てのはどう？
明生　そしたら、平山さんも消えるのよ。
和美　一緒に消えるのなら、いいんじゃないの。
明生　それ以外にないの？
和美　何が？
明生　平山さんの目的。私を消す以外に。
　　　それ以外の目的？（考える）

雅之と哲造が布団と毛布を抱えて登場。

雅之　これ、晴子さんの分です。あと、よかったら、ハルシオンも。

雅之、差し出す。

和美　あ、すみません。（と、受け取る）
雅之　布団、部屋に運びましょうか？
和美　大丈夫です。自分でやります。
雅之　それじゃあ、今日は疲れたんで、お先に失礼します。お風呂、勝手に使ってもらって大丈夫です。タオルは置いてあります。お休みなさい。

和美・哲造　お休みなさい。

雅之、去る。

哲造　疲れもするわよね。たぶん、頭の中はぐるんぐるんよ。

和美　……。

哲造　晴子ちゃん、泊まって大丈夫なの？　女子はいろいろとすること、あるんじゃない？

和美　いえ、なるべくマサさんから目を離したくないんです。……哲造さんも、泊まっていいんですか？

哲造　私はいいのよ。

明生　コンビニでお泊まりセット、買ってくればいいじゃん。乳液とかローションとか。

和美　……コンビニ、近くでした？

哲造　行くなら、一緒に行こうか？　もう、遅いから。

和美　自粛警察？

哲造　（微笑んで）じゃあ、歯ブラシ、買ってきてくれる。

和美　はい。

哲造　……先にお風呂入るね。

和美　哲造さんも、ハルシオン、飲んでるんですか？
哲造　最近ね。……ハルシオンてどういう意味か知ってる？
和美　たしか、鳥じゃ……カワセミでしたっけ？
哲造　そう。でも、ハルシオン・デイズっていうのは、「穏やかな日々」って意味になるの。
和美　穏やかな日々……。
明生　死ねば、穏やかな日々が待ってるね。
和美　（明生を見る）
哲造　今、平山明生さんが何か言ったのね。
和美　え？……ええ。
哲造　平山明生さんは何て？
明生　死ねば（穏やかな）
和美　（発言を無視して）あの、フルネームじゃなくて、平山さんと呼んでくれませんか？
明生　フルネームでもいいよ。
哲造　分かったわ。私ね、この国が大嫌いなの。
和美　えっ？
哲造　この国のベタベタして湿った人間関係。プライバシーを全然尊重しないで、ズケズケ来るでしょう。ほんとに嫌い。
和美　はあ……。

哲造　で、平山さんて誰？

和美　コンビニ、行ってきます。

哲造　いってらっしゃい。

和美、毛布を持って去る。明生も続く。

明かり落ちる。

雅之がスマホの留守電を聞いている。録音した声を操作してひとつ送るたびに、小さく声が聞こえる。

声　「なめてんのか！」「すぐに出てって」「死ね！」「ばーか」

雅之　おかしいな……

雅之、操作して次のを聞く。

「ふざけんな、何考えてんだ！」「早く出て行け！」

雅之　……おかしいなあ。

雅之に当たっていた光が消え、哲造の姿が浮かび上がる。

哲造は、携帯にメールを書いている。

哲造　……なにから書き始めればいいのか、三千万の生命保険に入っている。契約したのが三年前なので、自殺でも保険金は間違いなく下りる。私の借金を払っても一千万は残るだろう。靖子《やすこ》、私はずっとお前に嘘を……あ、トイレ……

哲造、去る。

暗転。

シーン9

暗転の中、声が聞こえる。


雅之（声）　おはよー！　朝だ朝だ朝ですよー！　起きて下さーい！

三人（眠そうな声）　はーい。（と、あくび）

哲造（声）　朝から、なに、そのテンション。

雅之（声）　晴子さん、眠れました？

和美（声）　ええ……。

明生（声）　ハルシオン飲んでも、途中で目が醒めました。

雅之（声）　さあ、朝食を取ったら、さっそく、練習の続きです。屋上に行きましょう！


明かりつく。

屋上。青空。高いフェンス。

気持ち良さそうに伸びをする四人。

雅之の傍には、適当な小道具が入った段ボール。

哲造の傍には、お茶セット（ポットとカップ）。
哲造は、伸びの後、フェンス越しに下を見て、真剣な顔になる。

雅之　さあ、練習を始めましょう！
和美　元気ですねー。
雅之　自粛警察との戦いは時間との戦いですからね。今、この瞬間にも、パンデに感染したことを責められている人がいるんです。
明生　なるほど。
雅之　じゃあ、昨日の続きからです。哲造さん、行きますよ。
哲造　……。（フェンスを見上げている）
雅之　哲造さん！
哲造　ええ。
雅之　ええと、昨日の続きだと、
和美　立札を見た村人が逃げる所からですね。行きます。「正直な赤鬼は、窓からひょっこりと真っ赤な顔を突き出しました」
雅之　「村人1・2ー！」
和美　「その声は、人間たちには大きすぎました」
和美・明生・哲造　「でたー！　逃げろー！　村人12！（いちっにっ！　いちっにっ！）12！　12！

12!」

雅之　「おうい、ちょっと待ちなさい。だましはしないよ。とまりなさい。本当なんだ。おいしい、お菓子。かおりのいいお茶」

和美　「赤鬼は、外に出て、懸命に呼びかけましたが、村人たちはよろめきながらも走り続けて、とっとと山を下っていきました」

明生・哲造　「ひいひいひいひ！」

和美　「赤鬼はたいそうがっかりしました。気がつくと、鬼は裸足で飛び出して、あつい地面に立っているのでありました」

雅之は、もう台本を持っていない。

雅之　「なんだ、こんなもん！（立て札に見立てたホウキか何かを倒す）こんなもの立てておいても、意味がない。毎日、お菓子をこしえらて、毎日、お茶をわかしていても、だれも遊びに来はしない。ばかばかしいな。いまいましいな！」

和美　「気持ちの優しい、真面目な鬼でも、気みじか者でありました」

雅之　「こんなもの、壊してしまえ！　ドシャメシャ、バリバリ、ぐわしゃぐわしゃ！」

和美　「と、そこに、声がかかりました」

哲造　えー、ただいまご紹介にあずかりました、青鬼よ！　青鬼、参上！　青鬼、オンザステージ！　M1《えむいち》「青鬼登場のテーマ」（歌いだす）「僕は青鬼。青い鬼～。上から下まで全部、青～。ラッキーカラーはブル～」

明生　何歌ってるんだよ⁉

和美　哲造さん！

雅之・和美・明生　セリフ！

哲造　ダメ？　昨日の夜、作ったんだけど。

雅之・和美・明生　ダメです！

哲造　ダメなの？　いい歌でしょう？

雅之・和美・明生　ダメです！

哲造　分かったわよ。「よ！　赤鬼君。どうしたんだい？」

雅之　「やあ、青鬼君。じつは、かくかくしかじか」

哲造　「なんだ、そんなことか。簡単だよ」

雅之　「簡単？」

哲造　「いいかい、これからぼくは村に行って、うんと暴れるから」

雅之　「何を言いだすんだよ。だめだよ、そんなことしたら」

哲造　「まあ、聞きなよ。うんと暴れている最中に、ひょっこり、君がやってくる。僕をおさえて、僕の頭をポカポカなぐる。そうすれば、人間たちは、初めて君をほめたてる。そうなれば、しめたものだよ。安心をして、遊びにやってくるんだよ」

雅之　（大げさに驚く）
哲造　（大げさにうなづく）
明生　君達、演技が変だよ。
雅之　「でも、それじゃあ、君に対してすまないよ」
哲造　「水くさいこと言うなよ。なにか、ひとつの、めぼしいことをやりとげるには、きっと、どこかで痛い思いか、損をしなくちゃならないさ。だれかが、犠牲に、身代わりになるのでなくちゃ、できないさ」
和美　「なんとなく、ものかなしげな目つきを見せて、青鬼は、でも、あっさりと言いました」
雅之　すごいじゃないですか、哲造さん。セリフ、完璧ですね。
哲造　だって、セリフを覚えないと楽しくならないでしょう？　マサさんも、ちゃんと覚えてるじゃないの。
雅之　僕は、昔からずっと読んでますから。
和美　続き、行きますね。「青鬼の提案を聞いて、赤鬼は考え込みました」
哲造　「また、思案かい。だめだよ、それじゃ。さあ、行こう。さっさとやろう」
和美　「青鬼は、赤鬼の手を取り、村に下りていきました」
哲造　それそれー！
和美　「村に着くと、青鬼は言いました」
哲造　「いいかい、それじゃあ、あとからまもなく、来るんだよ」

和美　「そして、一軒の家の戸を強く蹴りながらどなりました」
哲造　鬼よー！　鬼よー！
和美　違います。
哲造　「鬼だー！　鬼だー！」
明生　「あんりまあ、これは大変なことだ！」
雅之・哲造　ん？
和美　平山さんが襲われる村人をやっています。
明生　「鬼だ！　鬼だ！　助けてくんろ！」
和美　「青鬼は、逃げていく村人にちっとも用事はありません。青鬼は、さら、はち、ちゃわん、ちゃがまなど、手当たり次第手にとって投げつけました」
哲造　「ががが、がちゃん、がちゃりん、ちゃりん、どたん、ばたん」
全員　「がらがら、がちゃん、がちゃりん、ちゃりん、どたん、ばたん」
哲造　「まだ来ないのかな。がらがら、がちゃん」
全員　「がちゃりん、ちゃりん、がちゃがちゃりん、がちゃごちゃ、どたばた、がちゃりん、ごちゃりん、ちゃりんちゃりん」
和美　「と、そこに赤鬼が息をきらしてかけてきました」
雅之　とうっ！「どこだ、どこだ、乱暴者め」
和美　「赤鬼は、こぶしを握って大きな声でそう言って、青鬼がいるのを見るとかけよって」

雅之　「や、このやろう！」
和美　「と、どなると一緒に、つかみかかって、首の所をぐいぐいと締めつけました」そして、
雅之　「こつん」
和美　「とひとつ、かたい頭をうちすえました。青鬼は首を縮めて、小さな声で言いました」
哲造　「ぽかぽか続けて殴るのさ」
和美　「赤鬼は、そこでぽかぽか打ちました」
雅之　「ぽかぽかぽか」
哲造　「もっとぽかぽか続けて殴るのさ」
和美　「赤鬼は、そこでもっと続けてぽかぽか打ちました」
雅之　「ぽかぽかぽか」
哲造　ほら、ぐいと馬乗りになって、ぐいぐい絞めるのさ。
和美　赤鬼は、そこで馬乗りになって……えっ？
哲造　ぐっと上から押しつけて……ああ……感じる……マサさんを感じる……

哲造、下になったまま、ぐっと雅之を抱きしめる。

哲造　いいわあ……
和美　哲造さん。何してるんですか？

哲造　何って分からないの？　押さえつけられてるのよ。
和美　そんなの台本にないですよ。
哲造　感情に裏打ちされた高度なアドリブよ。分からないの？　ねえ、マサさん。
雅之　いえ、あの、
哲造　さあ、マサさん。ぐっと来て！　首絞める？　絞めていいわよ。ほら、ぐっと、今よ、今死にたい。今、私を殺して！
三人　哲造さん！

雅之、哲造から離れる。

雅之　哲造さんは、真剣に慰問のことを考えてるんですか？
哲造　え？
雅之　慰問する気がないんなら、やめて下さい。『泣いた赤鬼』は名作なんですからね。そんな下品なことやってたら、上演許可がおりなくなるんですよ。
哲造　大丈夫よ。ちょっと欲望に負けただけ。さ、続けましょう。

と、雅之のスマホが鳴る。
雅之、少しためらい、出る。

雅之　はい。自粛警察と戦い、

突然、声が小さく鋭く聞こえる。

「ふざけるな！　お前、何考えてんだ！」電話が切られる。

雅之　……。

和美　ちょっと休憩しましょうか。

哲造　そうね。マサさん、いいでしょう？

雅之　でも、あんまり時間が……

哲造　休憩、休憩。晴子ちゃん、ビニール・シート、敷きましょ。

和美　あ、はい。

哲造　ビニール・シートがこんな所で役に立つとは思わなかったわ。

和美、ブルーシートを敷く。

シーン10

哲造は、ポットのコーヒーをカップに注ぐ。

雅之　ほんとに時間がないんですからね。
哲造　分かってるわよ。コーヒー、飲みましょ。コーヒー。
明生　いいなあ。
哲造　はい、マサさん。はい、晴子ちゃん。（カップを渡すか、二人の前に置く）
明生　衣装はどうするの？
和美　そうね、考えないとね。
雅之　何をです？
和美　あ、すみません。平山さんが、
哲造　衣装の話じゃない？
明生　そう！
和美　まさか、聞こえたんですか？
哲造　カンよ。カン。

雅之　そうか、衣装も決めないといけませんね。
哲造　衣装ねえ
明生　簡単だよ。鬼は、トラ柄のトランクスはいて、全身裸で絵の具塗ればいいじゃん。
和美　（笑いながら）本気？
雅之　なんです？
和美　いえ、
哲造　あ、嫌な予感がする。まさか、全身、裸で、色塗るだけなんて言ってない？
和美　（同時に）どうして分かるの？
明生　（同時に）どうして分かるの？
雅之　そうですね。鬼だから、そうするのがいいですかね。
哲造　何言ってるの⁉　全身、真っ青のままで死んだら、みんなどう思うのよ？
和美　ああ、青鬼をやってる途中で死んだんだなって思うでしょうね。
哲造　冗談じゃないわ。検死の時、絶対に警察官、笑うわよ。なんで人生の最後まで笑われないといけないの⁉　全身、真っ青なんて絶対嫌よ。
雅之　哲造さん、自粛警察と戦ったら必ず死ぬって決めてませんか？
哲造　とにかく、恥ずかしくない格好で死にたいの。
明生　でも、子供達は受けるね。
和美　間違いなく、子供達は喜びますね。

雅之　絶対に、子供達は大喜びでしょうね。
和美　全身真っ青で登場しただけで、
雅之　ドッカーンですね。
明生　中年のドラえもんだー！　って。
哲造　子供達より、死体が大事なの！
明生　その比較、変じゃないか？
雅之　じゃあ、僕だけ、真っ赤に塗りますよ。哲造さんは、残念だけど、青い服でいいんじゃないですか。
和美　残念だけど、それしかないか。
明生　すっごく残念だけどね。
雅之　子供達は悲しむでしょうね。
和美　子供達は退屈するでしょうね。
明生　子供達はグレるね。
哲造　……とことん悪役になってやる！

哲造、フェンスまで走り、止まる。

三人　（笑う）

雅之　でも、哲造さん、うまいですね。本当は役者さんなんじゃないですか？
哲造　おだてたって、青くは塗らないからね。
雅之　おだててないですよ。
和美　演技の経験あるでしょう？　昔、役者だったとか？
哲造　ただのサラリーマンだって言ってるでしょ。
雅之　じゃあ、
哲造　普段から演技してるからね。今さら演技するなんて、簡単なの。
和美　普段からの演技って、
哲造　分かるでしょ？　言わせないでよ。大変なのよ、会社でも家でも、
明生　家でも？
和美　家って？
雅之　家族がいらっしゃるんですか？
哲造　いいの、いいの。深く考えると暗くなるから。ほっといてね。
雅之　みんな事情があるんですね。いろんな事情を抱えながら、自粛警察と戦うんですね。
和美　自粛警察にも事情があるかもしれませんね。
雅之　自粛警察に？……どうですかね。

和美　買物に行きませんか？
三人　えっ？
和美　衣装と小道具、必要なもの、買わないと。
哲造　買物ね。そうしましょう。ね、マサさん。
雅之　そうですね。もう少し、練習したら行きますか。……ちょっと、トイレ、行ってきます。

雅之、去る。

和美　……片付けましょうか。
哲造　そうね……

片づけ始める和美と哲造。

哲造　ねえ、晴子ちゃん、どうやって死ぬつもり？
和美　えっ？
哲造　だんだん楽しくなってきたでしょ。このまま頑張れば、きっともっと楽しくなる。でも、(見上げて)このフェンスは越えられない。

明生　がんばればいけるよ！
和美　高いですからね。
哲造　必死で登っているうちに、楽しい気持ちが全然なくなって、怖くて怖くて動けなくなる。
その自信だけはあるわ。
明生　どんな自信だよ。
和美　私、哲造さん、とても稽古楽しそうだから、死にたいって気持ち、だんだんなくなってきたのかなあって思ってたんですが……
哲造　死ぬと決めたから、楽しくなってきてるんじゃないの。楽しくなるのは、死ぬためでしょ。
何言ってるの？
和美　そうですね。そうでした。
明生　下手なアプローチでしたね。
哲造　ほんとに晴子ちゃんて……

と、哲造の携帯が鳴る。
哲造、和美から離れて電話に出る。

哲造　（小声で）はい、もしもし。どうした？　えっ？　借金取り？　金融会社？　なにかの間違いだよ。ママは？　泣いてる？　そうか。大丈夫だよ。うん、帰るよ。もうちょっとしたら。うん。だから、知らないって言っといて。大丈夫だって。じゃ。

電話を切る哲造。

和美と目が合い、

哲造　……あたしも、トイレ、行くわ。

哲造、去る。

暗転。

シーン11

雅之のマンション。
音楽がかかっている。
明かりつく。
小道具を造っている雅之、哲造。
虎柄のパンツを縫っている和美。
明生は、一人、椅子の上で踊っている。

哲造　できた！

哲造、鬼の角を見せる。

哲造　どう？　どう？
雅之　いいじゃないですか。子供達、きっと喜びますよ。
哲造　ほほほ。昔から手先は器用なのよ。平山さんは何してるの？

和美　踊ってます。
哲造　なんか手伝えないの？
明生　したいんだけどね。
和美　だめみたいです。
哲造　じゃあ、せめて、なんか面白いこと言いなさいよ。
明生　は？
哲造　なんて？
和美　は？　って。
哲造　「は？」は面白くないでしょ。肉体的に手伝えないなら精神的に手伝うのが宇宙の掟でしょ。なんか面白いこと言って、場を盛り上げなさいよ。
明生　うるさい。裸になれないチキン野郎！
哲造　通訳。
和美　面白いことは言いたくないって。
哲造　言えないんだ。なんだ、つまんない奴ねー。
明生　……分かったよ。「スーザン、今日はブラジャーしてないね」「どうして分かるの？」「だって、服、着てないから」
哲造　（和美を見る）
和美　すごく下らないこと言ってます。

明生　言ってよ。まとめるなよ。

雅之　できた！（完成した小道具を見せ）どうです？

哲造　いいじゃないの。

和美　（虎柄パンツを見せて）私もできました！

雅之　じゃ、いよいよ、ラストまでやりますか。

哲造　待ってました！

和美　はい、やりましょう。

雅之　続きは、ええと、

哲造　マサさんが、私に馬乗りになっている所からね。

明生　またやるの？

和美　哲造さん。

哲造　大丈夫よ。欲望にはフタをしたわ。さ、いらっしゃい！

哲造が仰向けになり、雅之を誘う。

雅之　うつ伏せの方がよくないですか？

哲造　あら、大胆ね。いきなりなの？（と、うつ伏せになる）

和美　哲造！

哲造　分かってるわよ。いくわよ。「ぽかぽか続けて殴るのさ」

うつ伏せの哲造に雅之、またがり、ぽかぽか始める。

雅之　「ぽかぽか、ぽかぽか」
和美　「どうなることかと覗いていた村人たちは、たしかに強く、赤鬼が、乱暴鬼を殴ったように見えました」
明生　「あんりまあ」
明生・和美　「鬼が鬼を殴っとるばい！」
和美　「それでしたのに、青鬼は小さな声で言いました」
哲造　「だめだい、しっかりぶつんだよ」
雅之　「ぽかぽか、ぽかぽか。もういい、早く逃げたまえ」
哲造　「だめだい、お芝居とばれちゃいけないんだ。さあ、もっと強く」
雅之　「ぽかぽか、ぽかぽか。もういいよ、もういいよ」
哲造　「そんなら、そろそろ逃げようか」
和美　「青鬼は逃げ出しました。戸口を出ようとする時に、青鬼はわざとひたいを柱の角《かど》に打ちあてる真似をしました。ところが、強く打ち過ぎて、思わず声を出しました」
哲造　「いたたっ、たっ！」

和美　「赤鬼はびっくりしました」
雅之　「青鬼君、まてまて、見てあげる。痛くはないか?!」
明生　楽しそうだなあ。
和美　「村人たちは、あっけにとられて、鬼ども二人が走っていくのを見ていました。鬼どもの姿が消えてしまうと、村人たちはてんでに話を交わしました」
明生・哲造　「これはどうしたことだろう?」
和美　「鬼は乱暴者だと思っていたのに、あの赤鬼は、まるきり違う」
明生・哲造　「まったく、まったく。してみると、あの鬼だけは、やっぱり優しい鬼なんだ」
和美　「なあんだい。そんなら、早くお茶飲みに出かけていけばよかったよ」
明生・哲造　「そうだ、行こうよ。これからだって、遅くはないよ」
和美　「そうして、村人たちは、その日のうちに山に出かけ、赤鬼の家の戸口に立ちながら、戸をとんとんと軽くたたいて言いました」
明生・哲造　「赤鬼さん、赤鬼さん、こんにちは」
雅之　「ようこそ、ようこそ! さあ、どうぞ! さあ、どうぞ! さあ、お茶です! さあ、お菓子です!」
和美・明生・哲造　「いや、なんと美味しいお茶でしょう。なんと、美味しいお菓子でしょう!」
雅之　「さあ、たんと、たんと召し上がって下さい!」
和美・明生・哲造　「今まで、こんなに美味しいお茶を飲み、こんなに美味しいお菓子を食べたという者が、ただの一人もいませんでした」

和美　「そんなら、俺も出かけよう」

明生・和美・哲造　（一人ずつ順番に声を変えて）「おらも！」「わしも！」「あたいも！」「わいも！」「ぼくも！」「あちきも！」「せっしゃも！」「おいどんも！」「ミー、ツウー！」

和美・哲造・明生　おー！

和美　「村人たちは、毎日、赤鬼の家に出かけ、」

雅之　「いらっしゃい！　いらっしゃい！　ようこそ！　ようこそ！」

和美　「赤鬼には、人間の友だち仲間ができました」

ひとしきり、人間達と楽しそうに遊ぶ赤鬼。

やがて、

雅之　「前とはかわって、赤鬼は、今は少しも淋しいことはありません。けれども日かずがたつうちに、心がかりになるものが、ひとつぽつんと、取り残されていることに、赤鬼は気付きました」

和美　「それは、ほかでもありません」

雅之　「青鬼のこと」

哲造　そうよ。

和美　「親しい仲間の青鬼が、あの日、別れていってから、ただの一度もたずねて来なくなりました」

雅之　「どうしたのだろう。具合が悪くているのかな。わざと、自分で、柱にひたいをぶつけたりして、角《つの》でも痛めているのかな。ひとつ、見舞いに出かけよう」

和美　「赤鬼はしたくをしました」

雅之　「キョウハ　イチニチ　ルスニ　ナリマス。アシタハ　イマス。ムラノ　ミナサマ。アカオニ」

和美　「半紙に書いて、戸口の所に張り出して、赤鬼は夜明けに家を出ました。山をいくつか、谷をいくつか、越えて渡って青鬼のすみかに来ました。夏もくれていくというのに、奥山の庭の藪には、まだ、山百合が真っ白な花を咲かせて、ぷんぷんと匂っていました」

雅之　「まだ寝ているかな。それとも、るすかな」

和美　「ふと気がつくと、戸のきわに、張り紙がしてありました。そうして、それに、何か字が書かれていました」

雅之　「なんだ、これは？　ええと、ええと、アカオニクン、ニンゲンタチトハ　ドコマデモナカヨク　マジメニツキアッテ　タノシク　クラシテイッテ　クダサイ」

哲造・雅之　「ボクハ　シバラク　キミニハ　オ目ニ　カカリマセン。コノママ　キミト　ツキアイヲツヅケテ　イケバ、ニンゲンハ、キミヲ　ウタガウ　コトガ　ナイトモ　カギリマセン。ウスキミワルク　オモワナイデモ　アリマセン。ソレデハ　マコトニ　ツマラナイ」

哲造　「ソウ　カンガエテ、ボクハ　コレカラ　タビニ　デル　コトニ　シマシタ。ナガイ　ナガイ　タビニ　ナルカモ　シレマセン。ケレドモ、ボクハ　イツデモ　キミヲ　ワスレマスマイ。ドコカデ　マタモ　アウ　日ガ　アルカモ　シレマセン。サヨウナラ、キミ、カラダヲ　ダイジニシテ　クダサイ。ドコマデモ　キミノ　トモダチ　アオオニ」

和美　……「赤鬼は黙ってそれを読みました。二度も三度も読みました。戸に手をかけて顔をおしつけ、しくしくと涙を流して泣きました。……おしまい」

間

明生　これで終わりなの?!　こんな話なの!?

雅之　カーテンコールです！

雅之、スマホをポチる。スピーカーから音楽。
軽快で楽しい音楽。

和美　カーテンコール!?

哲造　何？　この音楽!?

雅之　『自粛警察と戦い隊』のテーマ曲です。昨日、作りました！　これが歌詞です。

と、紙を配る。

雅之　行きます！
(歌いだす)♪負けないぞ、戦うぞ、ウイアー『自粛警察と戦い隊』！
(サビです！)
♪ドンクフイ！　ネバーギブアップ！　くよくよするなよ！　ライフイズビューティフル！　ルックアップ青空!!　合い言葉は、『自粛警察と戦い隊』！

音楽、終わる。

雅之　どうですか？
哲造　どうですかって、歌はダメだって言ったじゃないの！
雅之　カーテンコールはいいんです。サビはみんなで歌いたいので、覚えて下さいね。
三人　……。
雅之　これで、明日、慰問できます。さっき、買い物の帰りに保育園に寄って決めてきました。
和美　決めた!?

雅之　年長さんの読み聞かせの時間にやらせてくれるそうです。ちょっと子供達の前でやったら、ものすごく喜んでくれました。（口調を変えて）ココロノヤサシイ　オニノウチデス……
明生　これは大騒ぎになりますよ。
和美　そんな……
哲造　あたし、ダメだわ。
雅之　えっ？
哲造　ダメよ。全然、納得できない。このままだと、私、青鬼できない。
雅之　どうしてです？
哲造　あたし、どうしてこんなことしたの？
三人　は？
哲造　あたしって、かっこよすぎない？　神様なの？　マザーテレサの親戚？　どうして、こんなことしたのよ？
和美　たしか、小学校では、美しい友情って教わりましたよ。
哲造　バカ言ってんじゃないわよ！　友情で旅に出る？　家捨てる？　ボランティアでもそんなことしないわよ！
明生　ものすごく暇だったんじゃないの？
和美　ちょっと、
哲造　平山さんはなんて？

和美　暇だったんじゃないかって。
哲造　殴っといて。
明生　そんな。
哲造　あたし、だめだわ。マサさん、あたし、青鬼できない。
雅之　哲造さん。
哲造　だって、自分の気持ちが分からないのに、楽しくなるわけないでしょう。「なんでこんなことしたの？」って思いながらセリフ言ってたって、ちっとも楽しくないもの！
明生　自分でもよく分からないけど、そうしたかったたってのは？
和美　そうねえ
哲造　通訳。
和美　とにかく、そうしたかったからって。人間の心って理屈通りじゃないから。不条理だし、天の邪鬼だし、
哲造　そういう訳の分からないの、あたし、ほんとに嫌なのよね。あたしの人生って、意味分かんないことばっかりなんだから。自分で自分の人生が分からないんだから。はっきりくっきりした解釈を頂戴。すぱーんって分かりやすい、意味。ね、お願い。
和美　（手を挙げて）はい！
雅之　晴子さん！
和美　青鬼は昔、まったく同じことを、別の鬼、例えば緑鬼からされたんですよ。それで、人間

の友達ができたんです。すごく嬉しくて、いつか、自分も誰か別の鬼に同じことをしてあげようって思ってたんですよ。緑鬼に対する「恩返し」じゃなくて、誰かに「恩送り」したんです。「恩送り」って言葉知りませんか？　素敵な日本語でしょう？　英語だと、ハリウッド映画のタイトルになった「ペイフォワード」です。自分にされた親切を、次の人にしてあげたんです。

三人　……。

和美　なに？　どうしたんですか？

哲造　あんた、本当に死にたいと思ってる？

和美　えっどうしてです？

哲造　死にたい奴がどうして、そんな人間を信用した、ポジティブ過ぎる意見を言えるのよ。おかしくない？

和美　いいえ、それとこれとは……

明生　バレバレだね。

哲造　マサさんは分かるの？　教えて。

雅之　大丈夫です。役の気持ちはゆっくり染み込むものです。哲造さんは、きっと理解しますよ。それじゃ、明日の慰問にそなえて、ちょっと部屋でやることがあるので。

雅之、去る。

哲造　そんな、分かんないのに……明日って……トイレ。

哲造、去る。

残される和美と明生。

シーン12

明生　やっぱり、谷川先生、カウンセラーに向いてないね。人間の心理がまったく分かってない。
和美　へえ、平山さんは分かるの？
明生　哲造さんには可哀相だから、言わなかったけどさ、これ、分かりやすい「いじめ」だよ。
和美　いじめ⁉　青鬼は赤鬼を助けたでしょう。
明生　助けたふりをしただけさ。村って、クラスみたいなもんだろ。鬼は転校生さ。最初は珍しいからみんな相手するけど、すぐに、鬼と人間は違うって気付くんだ。人間は人間同士でも仲良くできないんだぜ。クラスでみんなが平和に生き延びる方法知ってる？　分かりやすい異物を見つけて、クラス全体でいじめること。人間の中に一人いる鬼って、まさにいじめの対象じゃないか。
和美　じゃあ、どうして青鬼は赤鬼にそんなことしたの？
明生　赤鬼の出した看板を見て、青鬼は怒ったんだ。「ココロノ　ヤサシイ　オニノ　ウチデス」お茶やお菓子で人間の仲間にしてもらおうっていう卑屈な根性が、同じ鬼として許せなかったんだよ。

哲造がトイレから戻ってくる。
二人は気付かない。

和美　じゃあ、どうして青鬼はいなくなったのよ。
明生　決まってるじゃないか。将来、間違いなく、赤鬼は人間にいじめられて、泣きついてくるって分かってたんだよ。人間に媚びるような赤鬼なんかと死んでも友達になりたくない。だから、いなくなった。これが真実さ。
和美　……全然、賛成できないね。
明生　哲造さんは、喜ばないけど、納得すると思うよ。青鬼の悪意を。
和美　哲造さんも納得しないわよ。
明生　谷川先生は本当にカウンセラー？
哲造　私は何を納得しないの？
和美・明生　！
和美　聞いてたんですか？
哲造　ごめんなさい。平山さんとずっと話してたのね。なんなの？
和美　ええ。（平山を見る）
哲造　私が平山さんと話せたらいいのよね。（和美のおでこに自分のおでこを当てて）平山さん、しゃべってみて。

和美　（驚いて離れようとして）あの、
哲造　ねえ、しゃべってみて。
明生　どういうつもりだよ？
哲造　あっ、聞こえる！……わけないか。やっぱり、奇跡は起こらないわね。
明生　おどかすなよ。
哲造　平山さんて、どんな人なの。写真かなにかないの？
和美　あります。
明生　嘘！　嘘！

和美、スマホを取り出し、操作する。

明生　（その行動を見ながら）なんで持ってるんだよ？　おかしいんじゃないか？　いつ撮ったんだよ!?　俺はお前の恋人じゃないんだぞ！

和美、スマホの画面を見せる。

和美　平山さんのクラスメイトにもらったんです。
哲造　あら、かわいいじゃないの。高校生ね。

和美　はい。生意気な高校生です。
哲造　（写真を見ながら）タイプよ。平山明生さんだから、アックンって呼んでいい？
明生　やだ。
和美　どうぞって。
哲造　こんにちは、アックン。……あたし、晴子ちゃんが羨ましい。
和美　どうしてです？
哲造　だって、アックンがいると淋しくないでしょう。
和美・明生　えっ？
哲造　あたしなんか華やかだけど淋しいわよ。誰かにずっと傍にいてほしいって思うもの。晴子ちゃんにはアックンがいて、アックンには晴子ちゃんがいる。いいわねえ。
明生　何言ってるんだよ！
和美　そうですよ！

と、マンションの玄関のドアがドンッ！　と蹴られる音がする。
ビクッとする三人。

哲造　何⁉
和美　玄関のドアです。

哲造　見てくる。

哲造、様子を見ながら、小走りに去る。

明生　まさか、自粛警察⁉
和美　そんな。
明生　マサさん、住所までネットにアップしたんじゃない？

和美、素早くスマホを検索する。
哲造が走って戻ってくる。
紙には、「出て行け！　殺すぞ！」と書かれている。

哲造　晴子ちゃん、これが入ってた！「出て行け！　殺すぞ！」って……。
明生　やっぱり！
和美　（スマホを見て）マサさん、このマンションの住所、ネットにあげてます。
哲造　えー⁉　なんでそんなことを！

雅之が入ってくる。

雅之　今の音は何ですか？
哲造　マサさん、ここの住所、ネットに書いたの？
雅之　ええ。いつでも、『自粛警察と戦い隊』に参加できるように。
和美　そんなことしちゃ、ダメです！
明生　シャレになってないぞ！
哲造　ほら！　この紙が今、入ってた！
雅之　（それを見て）そうですか。おかしいんです。
和美　おかしい？
雅之　文句の電話だけで、参加希望者から電話がかかってこないんです。みんな、どうしてるんでしょう？
哲造　マサさん……

雅之の携帯が鳴る。

雅之　はい。あ、みどり保育園の園長さんですか。はい。そうです。『泣いた赤鬼の会』の原田です。さきほどは、ありがとうございました。ええ。えー!?　そんな！　いや、それは、デマですよ。そんなの嘘です。え？　フェイスブックを見た？　いや、それは……もう回復してるんです。だから、大丈夫ですから。もしもし！　もしもし！

電話が切れる。

和美　どうしたんですか？
明生　まさか……
雅之　慰問を断られました。
哲造　どうして!?
雅之　電話があったって。パンデの感染経験者が明日、慰問する予定だって。……どうして分かったんだろう。保育園の名前なんか書かなかったのに。
和美　このマンションの近くの保育園だからじゃないですか？
哲造　マンションの住所なんか書くから、自粛警察にバレたのよ。
雅之　そうか……。でも、大丈夫です。
和美　大丈夫？
雅之　明日、保育園に行きましょう。ネットには、何があっても公演をするって発表します。間違いなく、自粛警察が現れるでしょう。私達が自粛警察と戦う姿を見せれば、参加希望者は必ず増えます。
哲造　マサさん、何言ってるの！　そんなケンカ売るようなこと書いたら、（ビラを見せて）この

雅之　部屋が危なくなるのよ！
三人　望むところです。マスコミにも声をかけてますから、大きな話題になりますよ。
哲造　マスコミ⁉
雅之　今、なんて言った？
哲造　『自粛警察と戦い隊』が慰問するって、連絡したんです。テレビ局と大手の新聞は反応がなかったんですが、いくつかのネットニュースが来てくれるって返信がありました。
雅之　何してるのよ⁉　ネットニュースなんかになったら、顔バレしちゃうじゃない！　絶対、ダメよ！
哲造　哲造さんの顔は撮らないよう頼みますから。
三人　マスコミが信用できるはずないじゃない！……私、帰る！
哲造　えっ⁉
和美　もう帰る！
　　　哲造さん！

去ろうとする哲造を、和美、思わず止める。

和美　ここまで一緒にやったのに帰るんですか⁉
哲造　そうよ！　帰るのよ！

和美　いいんですか！　青鬼、できなくなるんですよ！　マサさんともさよならなんですよ！

哲造　えっ……（雅之を見る）……もう、私のことは放っといて！

哲造、和美を振り払って去る。

和美　哲造さん！

思わず追いかける和美。
明生も続く。

雅之　哲造さん！

一人残される雅之。

雅之　……おかしいな。どうして、参加者が増えないんだろう。

スマホが鳴る。

雅之　はい！『自粛警察と戦い隊』です。え？　あ、『デイリーネット』さん。はい。明日はよろしくお願いします。えっ？　保育園に断られた？　ええ、そうなんですが。やりますよ。いいえ、入れてくれなければ、保育園の門の前でも。えっ？　いいえ、冗談じゃなくて。本気ですから。そんな、取材して下さいよ！　自粛警察は絶対に現れますから！　もしもし！　もしもし！……そんな。自粛警察は絶対に現れるのに……。

和美と明生が戻ってくる。
和美は息が上がっている。

和美　……。
雅之　哲造さんは？
和美　（首を振る）
雅之　そうですか。
明生　どうするの？
和美　どうするんですか？
雅之　私達は『自粛警察と戦い隊』です。やることはひとつです。

雅之、去る。

それを見つめる和美と明生。
暗転。

シーン13

大きな三日月が浮かび上がる。
和美と明生のシルエット。
やがて明かり。
和美はスマホを操作している。
明生は月を見ていた。

明生　ムダだよ。何回送っても、哲造さんからＤＭの返事はないよ。今頃、もう死んでるんじゃないの？
和美　（スマホの操作を続ける）
明生　もう寝た方がいいよ。明日は、絶望したマサさんと一緒に死なないといけないんだから。
和美　……。（操作をやめる）
明生　生きるの、嫌になった？　４階だけど、やってみる？　いけるかもね。
和美　……いけるかな。

和美、三日月を見上げる。
明生も見上げる。
別空間にスマホを見ながら作業している雅之が浮かび上がる。

雅之　硝酸カリウムを３００グラムとすると、これに硫黄粉末30グラムと……黒炭45グラムを入れて……なるほど……割と簡単なんだ……

ずっと月を見上げている和美と明生。

明生　綺麗な三日月だ。
和美　……。
明生　死ぬにはちょうどいい三日月だよ。
和美　(ハッと) ねえ。あの時。最後のカウンセリングの時、三日月のこと、話してなかった？
明生　さあ、どうだろう。
和美　たしか、あの時……

と、スマホが反応する。
ハッとする和美。

画面を見て、すぐに去る。
雅之の光が落ちていく。
残される明生。月を見上げる。
哲造が入ってくる。その後ろに和美。

和美　哲造さん。
哲造　（弱く微笑んで）は〜い。
和美　……おかえりなさい。
哲造　ただいま。
和美　……。
哲造　聞かないの？
和美　えっ？
哲造　どうして帰ってきたのかって。
和美　……。
明生　どうして？
哲造　……あたし、借金してたてね。ずっと家族に黙ってたんだけど、とうとう、限界が来て……
　　　家まで借金取りが押しかけて来たの。妻も子供もびっくりするわよね。
明生　妻と子供⁉

哲造　アックンがなんか言ってるわね。

和美　……驚いてます。

哲造　言っとくけど、あたし、しみじみしないからね。うまくやれると思ったのよ。誰にも言わないで、隠し続けて、絶対にカミングアウトしないまま、結婚して、子供作って、人生、演じ切ってやるって思ってたのよ。でもさ、気がついたらパチスロよ。やっぱ、無理してたのね。借金増えるの、早い早い。

明生　ヤミ金ってやつだろ。

哲造　でも大丈夫。最近は自殺じゃ、保険金、出ないタイプが多いんだけど、3年たてばオッケーの生命保険、契約してるから。3年よ。長かったわ。

和美　戻ってきたのは、借金取りがいたからですか？

哲造　青鬼になろうと思って。

和美・明生　えっ？

哲造　妻に泣かれて、子供に怒られてさ。もう、楽しくなくても死ぬしかないんだけど。その前にマサさん、助けてあげたいって思ったの。このまま死んだら、あんまりにも自分が情けなくてさ。ひとつぐらい良《い》いことして、青鬼になりたくて。

和美　……。

哲造　マサさんは？

和美　まだ起きてるみたいです。何かたくさん買い物してきて。隣の部屋から音が聞こえます。

哲造　そう。声かけるの、明日にするわ。今行って、夜這いだと思われたら嫌だし。……綺麗な月ね。あれ？　三日月の暗い部分、光ってない？

和美　えっ？

いつのまにか、三日月に「地球照」が現れている。

明生　そう。あれが「地球照」。

和美　？

哲造　不思議ね。……ノド、カラカラ。ビール、飲むわ。

哲造、奥の部屋にビールを求めて去る。

和美　（はっと）あ……

明生　（口調を変えて）谷川先生、昨日の三日月、見た？　三日月なのにさ、三日月の反対側、暗い部分が薄く光って、月全体が丸く見えたの。びっくりしてさ。三日月なのに、残りの暗い部分も目を凝らしたら、丸く光って見えるんだよ。不思議でさ、調べてみたら、「地球照」っていう現象でさ、知ってる？　地球に照明の照、照るという字で「地球照」。月は太陽の光を反射して輝くでしょう。でもね、地球の光も反射してるの。三日月は太陽の光、

和美　残りの部分は地球の光を反射して光っているの。すごいと思わない？　地球が月を照らしてるんだよ。でも、ほとんどの人は明るい三日月だけを見て、「地球照」には気付かないの。でも、目をこらせば、見えるの。みんなに気付かれないものも、ちゃんと存在しているの。……谷川先生。谷川先生！

明生　（ビクっと）え？

和美　僕の話、聞いてる？

明生　もちろん、聞いてるわよ。……いえ、聞いてなかったわ。

和美　……

明生　……ごめんなさいね。あの時、私、杉山先生の結婚がショックで。つきあっているって思ってたの。杉山先生にそう言われたから。混乱して……本当はカウンセリングなんかしちゃいけなかったの。平山さんが来なくなっても、杉山先生と話す気になれなくて。カウンセラー失格なの。私の責任なの。本当にごめんなさい。

和美　……今頃、謝られても遅いよ。

明生　……。

明かりが落ち、月と二人のシルエットだけになる。

そして、暗転。

シーン14

明かりつく。
全員、いる。

雅之　それでは、最後の稽古を始めましょう。晴子さん、ナレーション、お願いします！
和美　マサさん、私達の慰問先をネットで募集するのはどうですか？　今日は無理に保育園に行かないで。
哲造　晴子ちゃん。さ、ナレーション、始めてちょうだい。
和美　保育園には入れませんよ。このまま、稽古しても、
哲造　私は青鬼になりたいの。
雅之　哲造さん。青鬼の気持ち、分かったんですか？
哲造　ええ。青鬼は人生の最後に、いいことをしたかったのよ。自分を許したくて、自分を好きになりたくて。
雅之　そうですか。僕も同じことを考えてました。
哲造　そうなの⁉

明生　なんだって？

雅之　（あらたまって）『自粛警察と戦い隊』のみなさん。青鬼になりませんか。

和美　……どういう意味です？

雅之　このまま、保育園に行っても、数人の自粛警察がいるだけでしょう。それではニュースにになりません。『自粛警察と戦い隊』の存在は、大きなニュースにならないといけないんです。

哲造　それがマサさんの願いね。

和美　だから？

雅之　もし、こんな事件が起こったらどうでしょう。感染経験者が保育園を慰問することを知った自粛警察は、激怒して、稽古しているマンションに、小包に入った時限爆弾を送りつけたとしたら。

三人　えっ？

雅之　そして、『自粛警察と戦い隊』のメンバーは稽古中に、全員、爆弾で殺されたとしたら。

明生　……何を言い出すんだ？

雅之　この国の人達は、自粛警察の本当の怖さと残酷さを知るんです。そして、全国には、きっと、第二、第三、無数の『自粛警察と戦い隊』が生まれるんです。

哲造　マサさん。ちょっとよく分からないんだけど、それはつまり……私達は、爆弾で死ぬってこと？

雅之　そうです。
哲造　つまり、この部屋に爆弾があるってこと？
雅之　そうです。
哲造　それが稽古中に爆発するってこと？
雅之　そうです。
和美　冗談はやめて下さい。爆弾なんて、あるわけないでしょう！
雅之　ネットで丁寧に説明しているサイトがありました。徹夜になりましたけど、黒色火薬はびっくりするぐらい簡単に作れました。
哲造　（笑いだす）
和美　哲造さん。
明生　狂ったか⁉
哲造　これが笑わないでいられる？　理想通りになっちゃった。楽しく稽古している最中に死ぬのよ。青鬼のまま、死ねるのよ。最高じゃないの！　ちょっと、マサさん。その爆弾、ちゃんとしてるんでしょうね。チンケなのは嫌よ。
雅之　大丈夫です。純粋の硝酸カリウムは手に入らなかったんですが、肥料でも問題ありません。
和美　マサさん！
哲造　じゃ、稽古始めましょうか。
和美　哲造さん！

哲造　晴子ちゃん。ナレーション、お願い。「むかし、むかし」からね。
和美　何を言ってるんですか！
雅之　哲造さん、無理強いはだめです。死ぬ人数が多い方がインパクトはありますが、青鬼を強制してはいけません。
哲造　晴子ちゃん、それでいいの？　死にたいんじゃなかったの？
和美　マサさん、嘘ですよね。爆弾なんて、嘘ですよね！
雅之　晴子さん、今までどうもありがとう。一緒に稽古できて、幸せでした。
哲造　楽しかったわ。さよなら。
雅之　さっ、急いで！　もうタイマーはスタートしてるんです。
哲造　そうなの⁉　じゃあ、いつ爆発するか分からないんだから、アックンを連れて、さあ、行くの！
和美　ダメです！　いいですか。マサさんは妄想性の障害です。哲造さんは軽いうつ状態かもしれません。病気なんです。病気には、治療が必要なんです。
哲造　そんな医者みたいなこと、言わないの。
和美　私はカウンセラーです！
哲造　自分のことをカウンセラーだと思っているのね。ここを出て、すぐに病院に行った方がいいわよ。アックンに連れていってもらいなさいね。
明生　僕は村人2を演じるんだ。どこにも行かないよ。

和美、携帯を出す。

和美　警察に電話します。
哲造　警察!?
雅之　それで？
和美　それで!?
雅之　僕達はここで尋問の練習をしているだけです。問題はありません。

和美、携帯を操作する。

和美　あ、もしもし、紅谷先生ですか、じつは、希死念慮《きしねんりょ》の強いクライエントが爆弾を作って自殺しようとしていまして、はい、至急警察に連絡を、一刻を争うんです、はい、住所は、（スマホを操作しようとする）

と、哲造、さっと近づいて、和美の携帯を奪う。そして、床に叩きつける。

哲造　ごめんね。しばらくそっとしておいて欲しいの。さあ、最後の稽古を始めましょう。楽し

雅之　い絶頂で死にたいんだから。
和美　はい。始めましょう。
明生　どこです！　どこに爆弾はあるんです⁉
和美　ムダだよ。この人達は死にたがってるんだ。一緒に死のうよ。
明生　病気なの。治療を受けたら、そんな気持ちはなくなるの！
和美　また失敗なんだよ。自殺を止められなかった。それだけのことだよ！　さあ、一緒に死のう。
和美　止めるわよ。絶対に止めるわよ！

和美、走って奥の部屋に去る。
明生が続く。

哲造　始めたら、諦めて帰るでしょう。でもナレーション、どうしよっか？
雅之　僕がやりましょう。
哲造　じゃあ、一緒に。
哲造・雅之　「むかしむかし、心優しい赤鬼がいました。赤鬼は孤独でした」
明生（声）　おい、待てよ！

明生の声が響く中、和美が包丁を持って戻ってくる。
明生も続く。
和美、包丁を突き出す。

和美　（雅之に）どこです？　どこに爆弾があるんですか?!
哲造　晴子ちゃん……
和美　さあ、早く！　どこです！
雅之　いいですよ。さあ、刺して下さい。刺されて死んでも、爆発すれば、私達を殺したのは自粛警察です。
和美　ダメだって！　死んじゃダメだって！
雅之　晴子さん！　ムダなことはやめて早く、この部屋を出るんです！（スマホを取り出して、時間を見る）もうあまり時間がありません。急いだ方がいいです。
和美　ダメなの！　死んじゃダメなの！　絶対にダメなの！　どうして分からないの！　どこです！　どこに爆弾があるんです!?

和美、思わず包丁を振り回す。

明生　やめろよ！

哲造　危ないじゃないの！
和美　死んじゃダメなの！
哲造　あんた、言ってることとやってること、矛盾してるわよ！

和美、ハッとして、部屋を飛び出ようとする。

哲造　ちょっと待った！　まさか外で電話するんじゃないでしょうね。
和美　（包丁を構えて）来ないで！
哲造　そんなことしちゃだめ！
雅之　いいですよ。
哲造・和美　いい!?
雅之　今から警察が来ても、ドアを開けなければいいんです。大丈夫、もうすぐですから。
哲造　そう？　ならいいけど……
和美　（ハッと）マサさん、私、警察に言います。自粛警察じゃなくて、自殺だって。
三人　えっ？
和美　自粛警察にやられたフリしてるけど、自殺だって、警察に言います。そしたらマスコミは無視しますよ！　死ぬ意味はなくなるんじゃないですか！
雅之　……そんな。言うんですか？

和美　言います！　これは自殺だって！

明生　ふざけるなよ！

哲造、がっと和美に近づき、包丁を取り、捕まえる。

哲造　行かせない。悪いけど、晴子ちゃん、縛るからね。

雅之　だめです！　死にたくない人を巻き添えにしちゃだめです！

哲造　死にたかったんでしょう！　だからここに来たんでしょう！

明生　そうだよ！

和美　死んじゃ、だめなんです！

雅之　黙っていて下さい！　私達の死が、この国を変えるんです。

和美　私はマサさんと哲造さんに死んで欲しくないんです。だから、言います！

雅之　私達が死ぬことで、自粛警察に苦しめられる多くの人が助かるんですよ！

哲造　私達は青鬼になるのよ！

和美　死なくても、自粛警察と戦う方法はあります！　死ななくても、共に戦う仲間はきっと現れます！

雅之　参加希望の電話は一本もありません！　留守電に入ってたのは、私達を攻撃する言葉だけです！　私達に仲間なんていないんです！

哲造　そうよ！　現実は絶望しかないの！　悪意しかないの！

和美　違います！　目に見えない敵がいるのなら、絶対に目に見えない味方がいるんです！　絶対にいるんです！　おめでたいとか脳内お花畑って言われても、絶対に味方はいるんです！

哲造　味方なんてどこにいるのよ！　甘いこと言ってんじゃないよ！

和美　甘いこと言うのが私の仕事です。どんなに辛くても希望を語るのが私の仕事なんです！　目に見えない味方は絶対にいるんです！

雅之　晴子さん。もう時間がない！　さあ、行くんです！

和美　マサさん！　私、言いますよ！　自殺だって言いますよ！

哲造　やっぱり、あんたを縛るわ！

明生　それしかないね！

雅之　死ぬつもりのない人を巻き添えにしちゃだめです！

哲造　（放して）行きなさい！　絶対にしゃべっちゃだめよ。約束だからね！

明生　一緒に死のうよ！

和美　私はしゃべりますよ。これは、自殺だって！

哲造　捕まえるわ！

雅之　だめです！

明生　死のう！

和美　言いますよ！
雅之　もう時間がない！　行くんです！　10！

雅之、スマホを見ながら、カウントダウンを始める。
雅之のカウントダウンの声が響く中、

哲造　こんな気持ちで死ぬの⁉
雅之　8、行くんです！　7！
和美　部屋を出るの！

和美、一緒、部屋を出ようかどうかためらう。

明生　逃げるのか！
哲造　青鬼、参上！
明生　死ぬぞ！
雅之　（カウントダウンの間で）出て！
和美　逃げて！
雅之　1、ゼロ！

全員が身構える。

静寂。

全員　？

全員、ふっと身体の力を抜き、集中を解く。

次の瞬間、小道具が置かれている間から、小さな爆発が起こる。

それなりの音。火花。

全員　！

雅之　……え？

哲造　えっ？

明生　……なんだよ、これは！

雅之　……そんな。どうして……

哲造　マサさん、どういうこと?!　どういうことなの！

雅之　いや、こんなはずじゃ……

和美　よかった……。いいんです。これでいいんです。

哲造　よくないわよ！　死ななきゃだめなのよ！　いまさらどうしようもないのよ！

哲造、和美が持ってきた包丁を拾い、自分を刺そうとする。

和美　だめです！

和美、哲造に体当たり。

哲造　痛い、痛い、痛い！　手、ちょっと切った！　ちょっと切った！　マサさん、救急箱ない？　救急箱！

和美　どこです？

哲造　ここ。ここ。

和美　……カスリ傷です。

哲造　嘘よ、カスリ傷でこんなに痛いわけないじゃない……あら、カスリ傷ね。

和美　はい。

哲造　どうするのよ！　カスリ傷でこんなに痛いのに、死んだらもっと痛いじゃないの！　マサさん、私、どうしたらいいのよ！

雅之　どうしたらいいんです!?　自粛警察に苦しめられている人達を救うために、僕はどうしたらいいんです!?

明生　なんだよ、お前ら、マヌケすぎるぞ！　死ねよ！　死んで、俺と同じ世界に来いよ！　包丁ってのは、こうやって使うんだ！

明生、包丁に近づく。

和美　やめなさい！

和美も同時に包丁に近づく。
二人は同時に包丁を握ったように見える。
包丁を握ったまま、格闘する二人。
（実際には、包丁は和美が持つ。他の登場人物から見れば、和美が一人で動いているように見える）

明生　死ねよ！
和美　やめるんです！
哲造　……晴子ちゃん、なにしてるの！　一人でなにしてるの！
明生　死にたがってるんだから、俺が殺してやるよ！

和美と明生、争うが、包丁は、和美の体に向けられていく。

和美　私は死にたがってなんかない！
明生　いいかげん、認めろよ！
哲造　晴子ちゃん！　やめなさい！

哲造、和美を止めようとするが、近づけない。
和美は、明生と争いながら、

明生　お前は死にたがってるんだよ！
和美　私は死にたいなんて思ってない！　絶対に死にたくなんかない！
明生　お前は死にたがってるんだよ！
和美　嘘！
哲造　晴子ちゃん、大丈夫だから！　ゆっくり話を聞いてあげるから！

哲造、和美の包丁を持つ手を握る。
が、和美は包丁を放さない。

明生　死ねよ！
和美　やめて！
哲造　マサさん、手伝って！　早く！

雅之、包丁を持つ和美の手を押さえる。
一本の包丁を全員が持つ形になる。
そのまま、四人、左右に激しく動く。
散乱する部屋の中の小道具達。

哲造　だめー！
雅之　やめるんです！
明生　放せよ！
和美　放しなさい！

勢い余って、雅之、弾き飛ばされる。雅之、そのまま、床に激しく頭をぶつける。「うっ！」
（しばらくの時間、雅之は気を失う）

哲造　晴子ちゃん！　やめるの！
明生　死ねよ！
和美　やめて！

哲造も、勢いに押されて、放り出される。

和美　放して！　平山さん！　包丁を放して！
明生　僕のこと、そんなに忘れたいの？
和美　えっ……

哲造、なんとか近づこうとしながら、

哲造　アックンなの？　アックンが晴子ちゃんを殺したいの？　どうしてなの?!
明生　忘れられると思ってるの？　楽になる方法はひとつしかないんだよ。
和美　……。
哲造　アックン！　どうしてなの!?
明生　谷川先生は死にたがってるんですよ。

明生と和美は同時に同じことを言い始める。

明生・和美　死にたがってるのに、自分で気付いてないだけなんですよ。

哲造　えっ……

明生・和美　だから、僕がひと思いに死なせてあげようと思ってるんです。

哲造　晴子ちゃん、何言ってるの⁉

和美と明生、もみ合いをやめ、

明生・和美　さあ、みなさんも一緒に死にましょう。それが、みなさんの希望でしょう。僕が手伝ってあげますよ。

哲造　晴子ちゃん！

明生・和美　まずは彼女からです。彼女はやっと安らぎの時を迎えるんです。その時が来たんです。それじゃあ！

和美、包丁を自分の胸に突きたてようとする。

哲造　だめー！

哲造、和美に体当たり。

和美、倒れる。

哲造　死んじゃだめー！

哲造、和美に激しく詰め寄り、

哲造　どうして死のうなんて思うの！　自殺なんてサイテーの人間のすることよ！　昔の人の言葉、知らないの？「花に嵐の譬えもあるぞ。サヨナラだけが人生だ」……違うわ！　全然、違うわ！　いいこと！「生きる時は一緒」よ！　ほら、言って！「生きる時は一緒！」ほら！　生きる時は？

和美　……哲造さん。

哲造　さあ、生きる時は？

和美　えっ？

哲造　言うのよ！　生きる時は一緒！　さあ、生きる時は、

和美　一緒……。

哲造　よくできました！……なんてこと言ってるあたしはどうしたらいいのよ⁉　二千万よ！

二千万！　どうやって返すのよ⁉　やっぱり、死ぬしかないのよ！

哲造、包丁を拾って、雅之に渡す。

哲造　マサさん、刺して。あたし、今からどーんと行くから、刺して！

雅之、呆然として哲造達を見ている。

雅之　あの……

哲造　どーんといくからね！

雅之　すみません。混乱して、何がなんだか分からないんですが、どうして僕はここにいるんですか？

哲造　えっ？

雅之　これは夢ですか、現実ですか？「ユンセリがライバル」さん、買物はすんだんですか？

哲造　買い物？

雅之　いつのまに、僕は部屋に帰ったんですか？

哲造　マサさん、戻ったの？　戻ったの⁈

雅之　戻った？

哲造　晴子ちゃん！
和美　マサさん、『自粛警察と戦い隊』は続けますか？
雅之　『自粛警察と戦い隊』？　何のことですか？
哲造　マサさん！

哲造、雅之を抱きしめる。

雅之　どうしたんですか？
哲造　晴子ちゃん。マサさん、もう大丈夫よね！
和美　いえ、病院でちゃんと検査を受けないと。
雅之　病院？
哲造　大丈夫。何があったか、ゆっくり話してあげる。驚くわよー。
雅之　僕も話したいんです。お二人と話したいんです。
和美　私も話したいことがたくさんあります。
哲造　よし、晴子ちゃん、アックンに言って、みんなで話そうって。
和美　はい。

和美、周りを見る。

和美　えっ……

慌てる和美。周りを探す。

哲造　どうしたの？
和美　いないんです。平山さんがいないんです。

実際には、観客からは、和美の反応に驚き、立ち尽くしている明生が見える。
だが、和美からは見えない。

哲造　いない？
和美　いないんです。平山さんがいないんです！
哲造　アックン！　どこにいるの？
和美　平山さん！　平山さん！　どこなの⁉

和美は、隣の部屋や奥の部屋を探しまくる。

和美　平山さん！　平山さん！
雅之　誰がいないんですか？
哲造　アックン。いたでしょう？
和美　平山さん！
雅之　アックン？　いえ、誰もいませんよ。
哲造　いたのよ。晴子ちゃんの知り合いでさ、私達には見えないんだけど……
雅之　ああ、幻のことですか？　もう一人の晴子さんでしょう？
哲造　えっ……そうね、もう一人の晴子ちゃんだったのかもね……。

和美、隣の部屋から出てきて、思わず、座り込む。

和美　平山さん……どこですか？
哲造　晴子ちゃん、大丈夫？
雅之　大丈夫ですか？

放心する和美。
和美に明かりが集まる。
和美を見ていた明生、ゆっくりと和美に近づき、愛おしそうに抱きしめる。

そして、去る。
雅之は、（窓に貼っている想定の）『自粛警察と戦い隊』の紙を見つめる。

雅之　『自粛警察と戦い隊』って何ですか？
哲造　ああ、それはね、話せば長いんだけど、
雅之　僕はどれぐらい、僕じゃなかったんですか？
哲造　驚かないでね。二日間。
雅之　二日……僕、話しましたか？
哲造　何を？
雅之　……僕、親友がパンデにかかった時、ネットに親友の悪口、書いたんです。僕は逃げ出したのに、一人で会社と戦っている親友がなんか許せなくて、憎くて、どうしたらいいか分からなくて。ネットに親友の悪口を。僕……自粛警察だったんです。
哲造　！
雅之　僕、最低の人間なんです。
哲造　マサさん……。

と、雅之の携帯が鳴る。

雅之　はい、原田です。えっ？　みどり保育園の園長？　え？　慰問？　何ですか？
哲造　ちょっと。

哲造、スマホを受け取り、スピーカーモードにする。

哲造　はい。もしもし、どうしました？
園長（声）『泣いた赤鬼の会』の方ですよね？
哲造　はい、まあ、そうです。
園長（声）今頃、こんなこと言うの申し訳ないんですが、保育園で公演は無理なんですが、リモートって言うんですか？　映像で見せてもらえませんか？
哲造　映像？
園長（声）『泣いた赤鬼』をＺｏｏｍでもＳｋｙｐｅでも何でもいいんです。園児達に見せてやってくれませんか？　今日はさすがにムリなんですが、後日、あらためて。
哲造　申し訳ないんですが、もう、慰問は、
園長（声）お怒りはよく分かります。本当にすみませんでした。この形が、みなさんのお気持ちに対して、私達ができるギリギリの感謝と謝罪です。本当にごめんなさい。園児達も、昨日来たお兄さんをとても気に入りまして。（園児に）みんな、お願いして。

と、スピーカーから、園児の声が次々と聞こえてくる。
「泣いた赤鬼が見たいの！」「赤鬼、好き」「ココロの優しい鬼、大好き」「お願いします！」「楽しみ！」

園長（声）　いかがですか？
哲造　……とにかく、相談して、ご連絡します。

電話、切る。
和美は、園児の声から現実に戻り始めている。

雅之　『泣いた赤鬼』？
哲造　これも、話せば長いんだけど…。

雅之、台本や小道具にあらためて、気づく。

雅之　（台本を見て）これ、僕が出してきたんですか？
哲造　そう。大好きなお話だって。
雅之　そうですか……僕が出してきたんですか。……何をしてたんですか？　まさか、劇の練

哲造　習？
雅之　信じられないと思うけど、そうなのよ。マサさん、楽しそうだったわよ。
哲造　僕の役は？
赤鬼。私が青鬼。マサさん、いい演技してたわよ。あたしの青鬼には負けるけど。

哲造の携帯が鳴る。
哲造、表示を見て、ためらって出る。

哲造　はい。……分かった。すぐに戻る。靖子、話があるんだ。うん。いや、帰ったら話す。じゃあ。

電話を切る哲造。

雅之　……もう一回、ダメですか？
哲造　えっ？
雅之　いえ、もし、よければ。僕、赤鬼、ずっとやりたかったんです。
哲造　……そうね。やろうか。
雅之　いいんですか!?

哲造　晴子ちゃん。稽古しようか?

和美　そんな……冗談はやめて下さい。

哲造　冗談じゃないわよ。最後の稽古よ。

雅之・和美　えっ?

雅之　最後の稽古?

哲造　いつか、絶対に子供達に『泣いた赤鬼』を見せるの。でも、それまでに、みんなやることあるでしょう。マサさんと晴子ちゃんは病院に行かないといけないし。私は、

和美　哲造さんは?

哲造　たくさんの修羅場が待ってるわね。自己破産、離婚。でも、全部が終わったら、絶対、『泣いた赤鬼』やりましょう。

和美　哲造さん……

哲造　何日か、何週間か、何カ月か、何年か後になるかもしれないけど、絶対に、子供達に『泣いた赤鬼』を見せましょう。だから、忘れないように、最後の稽古。どう?

和美　……やりますか。

雅之　ありがとうございます!　僕、台本、何百回も読んでるんです。

哲造　そうだと思った。よし、晴子ちゃん、ナレーションお願いね。

和美　……「むかしむかし、心優しい赤鬼がいました。赤鬼は孤独でした。赤鬼は、友だちがほしいと思いました。赤鬼は、いつも、こう思っていました」

雅之　「できることなら、人間たちの仲間になって、なかよく、暮らしていきたいな」
和美　「ある日、赤鬼は、その思いを、自分一人の心の中にしまっておけなくなりました。赤鬼は、友だちがほしくて、自分の家の前に、木の立札を立てました」
雅之　「ココロノ　ヤサシイ　オニノ　ウチデス。ドナタデモ　オイデ　クダサイ。オイシイオカシガ　ゴザイマス。オチャモ　ワカシテ　ゴザイマス」
哲造　ホーホケキョ。

稽古を続ける三人。
静かに幕が下りていく。

実際のカーテンコールで、『自粛警察と戦い隊』の歌を全員で歌います。

♪負けないぞ、戦うぞ、ウイアー『自粛警察と戦い隊』！
目に見えない敵がどんなに強くても
決してくじけない　決して諦めない
みんなが幸せになるために　みんなが笑い合うために
人生は、君が思っているよりはるかに
ワンダフル！『自粛警察と戦い隊』！

（サビです！）

ドンクライ！　ネバーギブアップ！　くよくよするなよ！　ライフイズビューティフル！

ルックアップ青空!!　合い言葉は、『自粛警察と戦い隊』！

完

「泣いた赤おに」（浜田廣介著・小学館文庫）より、一部引用させていただきました。

あとがきにかえて

『ピルグリム』は、１９８９年９月に新宿のスペースゼロという劇場で、『第三舞台』第22回公演として初演されました。

この時は、コンパクトな劇場だったので、ラスト、舞台も観客の壁もすべて鏡にしました。

客席の両サイドは、あらかじめ暗幕を吊るしておいて、最後、黒マントがマントを翻した瞬間に暗幕を振り落として、一瞬で鏡の洞窟に変えました。

自分で言いますが、じつに劇的な効果でした。

次に、２００３年1月に新国立劇場の中劇場で、新国立劇場の企画として上演されました。

この時の公演は、まったくもって恥ずかしいことですが、僕自身の力不足で充分な成果を出せませんでした。

新国立劇場のプロデュース公演として、さまざまな人達に集まっていただきましたが、俳優・スタッフをまとめ上げ、効果的に演出し、演劇の神様に愛されるようにする技術が、当時の僕にはありませんでした。

ずっと心の奥に刺さった苦い経験でしたが、今回、2019年2月に『虚構の劇団』14回公演として、やっと『ピルグリム』という作品のリベンジができたと感じています。

「ごあいさつ」に書いたように、この作品は、『天使は瞳を閉じて』の次に書いた作品です。『天使は瞳を閉じて』は、集団論でした。誰も誰かを傷つけたいなんて思ってなくて、でも、結果的に傷つけて、傷ついてしまう「集団」というものがどうして生まれ、どうして崩れていくのかを考えた作品でした。

『ピルグリム』もまた、「集団論」だと今ならはっきりと分かります。

劇団を8年やって、その濃密な人間関係に疲れ、でも、濃密だから勇気をもらうこともあり、「好きで嫌い」「愛していて憎んでいる」という状況を「楽しみながら嫌っている」状況で書いたものです。

『天使は瞳を閉じて』は、『ピルグリム』の1年前に書いたものですが、1年間で集団論の重さというか切迫性が強くなったと感じます。

それが、二つの作品の手触りの違いです。

たぶん、この作品は、劇団とか仲間とか部活とか、「こいつらと一緒にやっていきたい」と思っている人達が上演するとよりうまくいくのだと思います。

舞台の上から「この集団をなくしたくない」「この集団はもういい」「この集団は変われるのか」「この集団は変わらなくていい」という、さまざまな思いが、俳優の体を通して溢れてくると、作品の本質にたどり着けると感じます。

なお、178ページ、タンジェリン・ドリームのセリフは、武者小路実篤著『愚者の夢』から一部、引用しています。

武者小路実篤が戦後第一作として書いたもので、ラストは満80歳の作者が朗読する自作の詩で終わっているのですが、それから20年後、武者小路実篤は自分の80歳の誕生祝いの席で実際に朗読しました。

武者小路実篤が『新しき村』というコミューンを作ったこと。そして彼は途中で人々を残して去り、けれど、1918年に作られた『新しき村』は、2021年の今も続いている、という事実にも触発されて『ピルグリム』を書きました。

『ハルシオン・デイズ』は、初演は2004年4月「KOKAMI@network」（コウカミネットワーク）の第5回公演として上演されたものです。

この時は、雅之は、「自分は『人間の盾』である」という妄想を持ちます。「人間の盾」とは、2003年のイラク戦争の時、アメリカ軍がイラクの病院や学校を誤爆しないように、世界中から民間人が集まって、「ここに人間がいるぞ。間違えて爆撃したら大変なことになるぞ」と、自らをまさに「人間の盾」にしてイラクの民間施設を守ったことを言います。

2011年8月、ロンドンのリバーサイド・スタジオでイギリス人俳優を演出して上演したバージョンも、同じ「人間の盾」(human shield) でした。

ですが、「人間の盾」という言葉は、やがて、イスラム国が占領した地域の民間人を自分達を守るために「人間の盾」として使い、攻撃を止めさせるというマイナスのイメージになってしまいました。

人道主義の象徴だった「人間の盾」が、宗教的原理主義の悪例に変わってしまったのです。

そして、2020年、「KOKAMI@network」の第18回目の公演では、「自粛警察と戦い隊」になりました。

2020年、僕は二本の芝居が中止になりました。5月に予定していた『虚構の劇団』の『日本人のへそ』と、8月のミュージカル『スクール・オブ・ロック』です。

そして、やっと11月に『ハルシオン・デイズ２０２０』を上演できました。

「ごあいさつ」では、最後まで無事に終わったら泣くかもしれないと書いていましたが、泣きませんでした。

それは、公演中も続々と知り合いの劇団やカンパニーが「ＰＣＲ検査で陽性の俳優やスタッフが出たので、公演を中止・延期」という知らせが入ってきたからです。

私達は二週間に一回、計6回のＰＣＲ検査を受けて大阪公演までたどりつきました。

「やっと大阪まで来た」とホッとした公演前日にも、知り合いが出ている公演で陽性者が出て、公演が一週間以上、延期になるというメールが来ました。

千秋楽、自分達の芝居は無事終わったけれど、泣いている場合ではないと感じました。

『ハルシオン・デイズ２０２０』が最後まで全日程を上演できたのは奇跡だと思っています。

この「パンデミック・バージョン」が、「イラク戦争」のように、いつ歴史的な出来事として認識されるようになるのか。

その時には、「そうか。みんな、こんな風に感じていたのか」と歴史の証言をする戯曲になるかもしれません。一刻もはやく、そうなって欲しいと思います。

戯曲のあとがきに初めて書くことですが、僕は「表記の統一」はしません。

「ダメ」と「だめ」と「駄目」は、すべてニュアンスが違っていると思っているからです。「何」と「なに」も混在しています。

昔、原稿用紙に向かってセリフを書いている時、大きな声で言って欲しい時は、原稿用紙の枡目一杯に「だめ！」と大きな字で書きました。

小さい声で言って欲しい時は、小さな字で「だめ」と書きました。

ワープロになって、パソコンになって、文字の大きさを自然に変えられないのはもどかしいなあと思いました。

ですから、大きさは変えませんが、このキャラクターが、この時は「ばか」と優しく言い、この時は「バカ」と冷たく言い、この時は「馬鹿」とさらに深刻に言う、なんて書き分けます。

日本語は、三種類の表記、漢字、ひらがな、カタカナを持つという、世界でも極めて特殊な言語です。

その違いを使わないのはもったいないと僕なんかは思うのです。

また、「でも……」と「でも……。」と「でも…」も、僕の中では全部、ニュアンスが違います。

句読点があるかないか、三点リーダーが一組か二組かの違いは、僕の中では大きいのです。すべて、俳優さんに、それはつまり観客というか読者に伝えたい細かな感情やイメージなのです。そんなのはお前の思い込みだけだろうと言われたらそれまでですが、僕はこだわりたいのです。

こんなことをわざわざ書くのは、「表記の統一」が当然のことだと思う読者が増えてきたみたいで、たまに、ツイッターで（Twitterと表記したい場合もあります）「この本は全然、表記の統一がなされていない。ここでは『なに!?』で、こっちでは『何!?』だ。これは編集者の怠慢である」なんて文章を見るようになったからです。

違います。怠慢ではありません。作者のニュアンスをより丁寧に伝えようとしてくれている結果なのです。

そんなわけで、昔書いた作品の「新作的再演」が二本の戯曲集になりました。

どちらも上演を希望する方は、サードステージの事務所にメールで問い合わせて下さい。

（office1@thirdstage.com）

『ハルシオン・デイズ２０２０』は、当然のことですが、浜田廣介さんの著作権継承者の方にも一部、上演料をお払いすることになります。それは、サードステージの方で代行します。

芝居を稽古し、上演することがどんなに大変で、どんなにありがたいことか。それを痛感した2020年でした。

でも、パン屋さんがパンを売るように、八百屋さんが野菜を売るように、演劇人は演劇を作って、お客様に見ていただくことしか仕事がないと思っています。

これからも、なんとか踏ん張りながら、作品を創り続けていこうと思っています。

よろしければ、おつきあい下さい。んじゃ。

鴻上尚史

◇上演記録
虚構の劇団　第14回公演　ピルグリム2019

【公演日時】
〈東京公演〉２０１９年２月22日（金）〜３月10日（日）
シアターサンモール
〈大阪公演〉２０１９年３月15日（金）〜３月17日（日）
近鉄アート館
〈愛媛公演〉２０１９年３月23日（土）〜３月24日（日）
あかがねミュージアム　あかがね座

【キャスト】
秋元龍太朗
小沢道成　小野川晶　三上陽永　渡辺芳博　森田ひかり　梅津瑞樹
溝畑　藍　金本大樹　那須康史　山越大輔　吉原桃香／石田彩乃　坂本　健　辻　捺々
伊藤今人（梅棒／ゲキバカ）

【スタッフ】
作・演出：鴻上尚史
美術：池田ともゆき
音楽：河野丈洋
照明：林 美保
音響：原田耕児
振付：齋藤志野
衣裳：森川雅代／田中陽香
ヘアメイク：西川直子
映像：冨田中理
歌唱指導：山口正義
舞台監督：大刀佑介
演出部：赤木可奈／佐藤慎哉（演出助手） 藤岡文吾 田原愛美
土屋克紀 遠藤佐助 渡部佑美 山田悠紀菜 吉野香枝
照明操作：畠山 聖
音響操作：小野伶子
美術助手：岩本三玲
劇中歌作詞・作曲：河野丈洋
大道具製作：俳優座劇場（大橋哲雄）
着ぐるみ製作：畠山直子
特殊効果：ギミック（佐藤和彦）
コスメ協力：チャコット
履物：アーティス
舞台写真：引地信彦
記録映像：ビスケ

宣伝美術：末吉亮（図工ファイブ）
宣伝写真：坂田智彦＋菊池洋治（TALBOT.）
パンフレット写真：園田昭彦
パンフレットデザイン：ワンツーパンチ！
グッズデザイン：遠藤佐助
協力：澁谷壽久／中山宜義　高田雅士
　秋本雄基（アナログスイッチ）　松嶋柚子／伊達紀行　賀数夏子
エヴァーグリーン・エンタテイメント　梅棒　ゲキバカ　bamboo
Aプロジェクト　オフィス新音　芸能花伝舎　SIMスタジオ　SELFIMAGE PRODUKTS
ニケステージワークス　BEATNIK STUDIO　マイド　ライティング・デザインなかがわ
ラインヴァント

愛媛公演主催：新居浜市教育委員会　あかがねミュージアム運営グループ
制作協力：サンライズプロモーション東京　キョードー大阪
制作：倉田知加子　池田風見　金城史子
企画・製作：サードステージ

◇上演記録
KOKAMI@network vol.18　ハルシオン・デイズ2020

【公演日時】
〈東京公演〉　２０２０年10月31日（土）～11月23日（月・祝）
紀伊國屋ホール
〈大阪公演〉　２０２０年12月5日（土）～12月6日（日）
サンケイホールブリーゼ

【キャスト】
柿澤勇人
南沢奈央
須藤　蓮
石井一孝

【スタッフ】
作・演出：鴻上尚史
美術：松井るみ
音楽：河野丈洋
振付：川崎悦子
照明：中川隆一
音響：原田耕児
映像：冨田中理
衣裳：森川雅代
ヘアメイク：西川直子
アクション指導：清家利一
演出助手：小林七緒
舞台監督：岩戸堅一

演出部：渡辺茅花　沼尾晃人　福本真奈　恩田晴菜
照明操作：林美保　横田幸子　渡辺 槙
音響操作：甲斐美春
映像操作：神守陽介
衣裳部：山中麻耶
ヘアメイク：谷口小央里
美術助手：平山正太郎
稽古場助手：吉野香枝

大道具製作：東宝舞台
特効効果：ホットショット
ヘアメイク協力：ラインヴァント
稽古場：鈴木興産

運搬：マイド

アーティストマネジメント：ホリプロ
Mark's & Co. LLC
スターダストプロモーション
キューブ

宣伝：る・ひまわり
宣伝美術：末吉亮（図工ファイブ）
キャスティング：新江佳子（吉川事務所）
舞台写真：田中亜紀
記録映像：ビスケ
当日運営：鴻上夏海　ジェイウイング
運営協力：サンライズプロモーション東京
制作：倉田知加子　前田優希　池田風見
プロデューサー：三瓶雅史
制作協力：new phase
東京公演提携：紀伊國屋書店
大阪公演主催：関西テレビ放送／サンライズプロモーション東京
企画・製作：サードステージ

鴻上尚史（こうかみしょうじ）

作家・演出家愛媛県生まれ。早稲田大学法学部出身。
1981年に劇団「第三舞台」を結成し、以降、数多くの作・演出を手がける。これまで紀伊國屋演劇賞、岸田國士戯曲賞、読売文学賞など受賞。また、自身のプロデュース公演や若手俳優を集めた「虚構の劇団」の旗揚げ・主宰も行う。舞台公演の他には、エッセイスト、小説家、テレビ番組司会、ラジオ・パーソナリティ、映画監督など幅広く活動。また、俳優育成のためのワークショップや講義も精力的に行うほか、表現、演技、演出などに関する書籍を多数発表している。桐朋学園芸術短期大学特別招聘教授。昭和音楽大学客員教授。

◉上演に関するお問い合わせ

サードステージ
〒151-0053　東京都渋谷区代々木1-23-7 第三瑞穂ビル103
電話 03-5937-4252　http://www.thirdstage.com

ピルグリム21世紀版
／ハルシオン・デイズ2020 パンデミック・バージョン

2021年5月5日　初版第1刷印刷
2021年5月15日　初版第1刷発行

著　者　鴻上尚史
発行者　森下紀夫
発行所　論 創 社
東京都千代田区神田神保町2-23　北井ビル
電話 03（3264）5254　振替口座 00160-1-155266
装丁　図工ファイブ
組版　フレックスアート
印刷・製本　精文堂印刷株式会社
ISBN978-4-8460-2059-0